Terra silenciada
Mohamed Mbougar Sarr

Mohamed Mbougar Sarr

Terra silenciada

Tradução de Carla M. C. Renard

© Présence Africaine Editions, 2014
ALL RIGHTS RESERVED

Todos os direitos desta tradução reservados à Malê Editora e Produtora Cultural Ltda.
Direção: Vagner Amaro & Francisco Jorge
Título original: Terre ceinte
Tradução: Carla M. C. Renard
ISBN: 978-65-87746-90-6
Capa: Dandarra Santana
Diagramação: Maristela Meneghetti
Edição: Vagner Amaro

Texto revisado segundo o novo Acordo Ortográfico da Língua Portuguesa.
Proibida a reprodução, no todo, ou em parte, através de quaisquer meios.

Dados internacionais de catalogação na publicação (CIP)
Vagner Amaro – Bibliotecário - CRB-7/5224

S247h	Sarr, Mohamed Mbougar	
	Terra silenciada / Mohamed Mbougar Sarr. – Rio de Janeiro: Malê, 2023.	
	266 p.; 21 cm.	
	ISBN 978-65-87746-90-6	
	1. Romance senegalês I. Título	
		CDD — S869.3

Índice para catálogo sistemático: Romance: Literatura senegalesa. S869.3

2023
Editora Malê
Rua do Acre, 83, sala 202, Centro, Rio de Janeiro, RJ
contato@editoramale.com.br
www.editoramale.com.br

AMBASSADE DE FRANCE AU BRÉSIL
Liberté
Égalité
Fraternité

INSTITUT FRANÇAIS

Cet ouvrage a bénéficié du soutien des Programmes d'aides à la publication de l'Institut Français.
Este livro contou com o apoio à publicação do Institut Français.

Para Malick, meu pai, Astou Mame Sabo, minha mãe, Baba, Sëñ bi, Mara, Khadim, Souhaïbou, Cheikh e toda a família.

E para a minha Mellie.

Mas dedico este romance principalmente à Marie Madeleine Mboyil Diouf, minha avó, que partiu pouco tempo antes de ele ser publicado. Ela não sabia ler. Eu teria gostado de tê-lo lido e traduzido para ela em serer.

Deixo aqui meus humildes agradecimentos a todos os meus amigos, mestres e camaradas que gentilmente leram, releram, encorajaram, corrigiram, suscitaram e criticaram este romance. Tenho ciúmes demais de sua amizade para revelar seus nomes. Eles saberão quem são, espero.

Agradeço igualmente a toda a equipe da Présence Africaine Éditions por toda a confiança e pelo apoio.

PRIMEIRA PARTE

1

A multidão, que aguardava desde o alvorecer, lutava agora para conter a agitação: impaciente, arfava, assobiava; chegara a hora da morte. Abdel Karim sabia. Mas decidiu prolongar a dramaturgia e fazer com que o nervosismo voltasse a aumentar. Os desfechos pareciam-lhe alcançar a beleza das tragédias apenas em meio a esse clima.

A espera começou cedo: quando, após a oração da *Fajr*[1], longas procissões de sombras se formaram; estranhas silhuetas povoaram, de repente, as ruas de Kalep, que convergiam para a imensa praça da prefeitura.

Havia, nessa marcha, algo fascinante. A multidão caminhava, avançava, rastejava; imponente, irresistível, lenta, com movimentos semelhantes a uma antiga falange em exercício, num silêncio cuja única poesia era a solenidade. Um silêncio quebrado apenas pelo som de chinelos e sandálias arrastados na laterita ou no betume. De vez em quando uma voz, não se sabia se de homem ou de mulher, perguntava, suspirando: "Vai ser a que horas?", a que outra respondia: "Lá pelas dez, in Shaa Allah[2]". E silenciavam-se em seguida.

A espera tinha sido demorada, até que Abdel Karim chegou de carro, acompanhado por seus homens. Um gigante. Não usava turbante, assim como os cúmplices: caminhou com o rosto descoberto,

---

[1] Primeira oração do dia dos muçulmanos, realizada ao amanhecer.
[2] Se Alá quiser.

expondo a cabeça calva à intensidade do sol. Olhou para a multidão que, entusiasmada, ansiava por seu discurso. Bastou que ele fizesse um amplo gesto com a mão para que o silêncio absoluto reinasse. A poderosa voz ecoou em toda a praça.

— *Audhu billahi mina-Shaitan-nir-Rajeem*[3]. Se Deus quiser, minhas palavras serão puras e cobertas pela luz da verdade e da justiça.

— *Amin* — sussurraram.

O colosso retomou:

— *Assalamu Aleikum*[4], povo de Kalep, recebam minha saudação. Que o Senhor os encha de graças, pois todos vocês vieram esta manhã. Serei breve. Vocês sabem o que me traz aqui. A hora está chegando. Lembro apenas que, quem quer que viole a Lei fundamental de Allah *Subhanahu Wa Ta' Ala*[5] e de Seu profeta Mohamadu Rassululah...

— *Sallalahu 'Alayhi Wa Sallam*[6] — cortou a multidão, num profundo coro uníssono.

— ... quem infringir a Lei será punido com o castigo prescrito no Nobre Alcorão. Eu mesmo cuidarei disso. Sem dó. Não hesitarei, não tenho escrúpulos nem os terei, e aplicarei os castigos da Lei, *in Shaa Allah*. Lembrem-se, habitantes de Kalep, que a Lei é o Caminho da Salvação. Nunca se esqueçam disso, e que ninguém se atreva a pensar que os críticos do Ocidente, que acham que a Lei é uma barbárie...

— *Astaghfirullah*[7] — murmurou a multidão.

— ... que ninguém — continuou ele — se atreva a pensar que essas críticas possam ser verdadeiras. Aqueles que as pronunciam

---

[3] Literalmente: "Busco refúgio em Alá do maldito demônio". Fórmula ritual pela qual, no islã, começa-se muitas vezes qualquer discurso, colocando-se sob a proteção de Alá.
[4] "Que a paz esteja com vocês". Fórmula de saudação, de abertura.
[5] "Glorificado e Exaltado seja Ele". Fórmula usada quando se fala de Alá.
[6] "Que Alá o abençoe e lhe conceda a salvação". Fórmula que, no islã, é dita quando o nome do Profeta Maomé é pronunciado.
[7] "Peço perdão a Alá". Fórmula que expressa arrependimento no islã.

são seguidores de Satã, seu único propósito é nos dividir e, assim, nos separar do Senhor. A única Lei que conhecemos, a única que é válida para nós, é a de Deus. Que Alá queime os pecadores do Ocidente e salve os crentes, que Alá nos proteja do Diabo, que Alá nos guie e nos dê forças para orar a Ele e obedecê-lo sempre! Que Alá faça reinar a paz. *Allahou akbar! Allahou akbar! Allahou akbar!*[8]

— *Allahou akbar, Allahou akbar!* Viva a Irmandade! — entoou a multidão, impressionada.

Na mesma hora, atrás de Abdel Karim, os homens armados apontaram os rifles para o céu e dispararam. As detonações se misturaram aos gritos, e o tremendo barulho, formado pelas vozes dos homens e dos instrumentos, ascendeu a um Deus que foi aclamado e crivado de balas.

Abdel Karim ergueu majestosamente a mão. Os tiros cessaram ao mesmo tempo que a voz da multidão, cansada, se apagava.

— Agora, irmãos, é hora de passar para aquilo que nos traz aqui hoje. Tirem os condenados!

O porta-malas de um carro foi aberto e dele foram retiradas duas formas que pareciam corpos humanos. Nus. Havia um homem. Havia uma mulher. Com coronhadas nas costas e, às vezes, quando resistiam, no meio das costas ou entre as omoplatas, fizeram-nos avançar. Até que caíram e quase não conseguiram se levantar. As mãos estavam amarradas atrás das costas. A mulher parecia exausta, suas pernas fraquejavam e cada um de seus passos dava a impressão de ser o último. A certa altura, ela desabou, incapaz de se mover. Um dos carrascos, num acesso de piedade ou pragmatismo, esboçou um gesto para apoiá-la. A voz de Abdel Karim imediatamente declarou:

---

8 "Deus é grande!"

— Não se toca numa impura!

O guarda desistiu de ajudar a mulher atada e a chutou para compensar o ato falho. O homem, por sua vez, tentava andar em linha reta, mas sentia-se, na forma como se arrastava, a lassidão de um corpo que havia sido submetido aos piores abusos. Bateram nele com mais força ainda, nas costas e no pescoço. Ele caía constantemente, mas se levantava o mais rápido que podia. Sua coragem, sem dúvida, desagradou um dos guardas, que chutou seu sexo nu. O homem desabou num uivo animal amplificado pelo silêncio. Apenas o grito da mulher ecoou, também dilacerante. E ficou nisso. O silêncio voltou. O homem estava no chão. A dor parecia atroz. Ele se contorceu, convulsionou-se e se enrijeceu.

— Levantem ele.

Levantaram-no. Seu corpo empoeirado oferecia feridas ainda sanguinolentas aos olhares. Não conseguiu ficar de pé, caiu. Foi novamente erguido, mas, como uma criança de pernas ainda frágeis, caiu de novo no chão.

Depois de algumas tentativas, conseguiram endireitá-lo, e o pequeno grupo finalmente chegou até Abdel Karim.

— Vejam só — disse Abdel Karim, estendendo a mão na direção do casal, sem tirar os olhos do povo. — O casal adúltero. Terão o castigo que merecem. Mas, primeiro, eu gostaria que seus pais, se estiverem aqui, dessem um passo à frente.

A multidão ficou agitada. As pessoas se viraram, olharam para a esquerda, para a direita; queriam ver quem havia dado à luz àquilo. Dois homens e uma mulher finalmente se dirigiram até Abdel Karim, os dois condenados e os três carrascos. Pararam à sua frente.

— *Assalamu Aleikum*, meus irmãos.

— *Aleikum Assalam* — responderam em coro os dois homens que tinham acabado de chegar.

— Quem são os pais da jovem?

A mulher do grupo deu um passo à frente, seguida por um homem vestido com um longo cafetã azul de mangas largas. A mulher chorava silenciosamente e o homem, dissimulando a emoção, esforçava-se para manter uma certa dignidade no rosto.

— Você é o pai?

— Sim — respondeu o homem.

— E você, *Adja*[9], é a mãe?

A mulher, cujo corpo convulsionava com os soluços, não conseguiu responder.

— É a mãe — o homem disse em seu lugar.

— Muito bem — retomou Abdel Karim —, vocês têm algo a lhe dizer primeiro?

Naquele momento, a mãe não pôde mais se conter e gritou. Queria se aproximar da condenada. Abdel Karim interveio e a impediu:

— Não se toca numa impura.

— Sou a mãe dela — gemeu a mulher.

— E que diferença isso faz?

A mãe desabou e rolou no chão, continuando a se lamentar. Ao seu redor, ninguém reagiu. Abdel Karim olhava para ela. O pai olhava fixamente para algo distante, em direção ao céu. A jovem, que não tinha sido ouvida até então, caiu de joelhos. As duas mulheres choraram.

— E você, El Hadj, tem algo a dizer?

---

[9] Sinal de respeito por mulheres respeitáveis e de certa idade. Também é usado para aquelas que fizeram a peregrinação à Meca.

O homem pigarreou e, sem deixar de olhar para o céu, disse:
— Você me decepcionou, minha filha. Me humilhou. E você — falou ele, olhando pela primeira vez para a esposa, prostrada a seus pés —, se levante, tenha dignidade e pare de se comportar como uma cadela. Tudo isso também é culpa sua. Você não soube educar sua filha. De pé!

Ainda chorando, a mulher não se mexeu. Parecia exausta. Exasperado, o pai agarrou brutalmente seus braços e não a levantou, a arrancou do chão. A mãe gemeu, mas permaneceu de pé, a cabeça baixa, o rosto coberto de terra misturada com lágrimas.

— *Assalamu Aleikum* — disse em seguida o pai, cujos olhos estavam embaçados de lágrimas. Então, sem esperar resposta, pegou a esposa pela mão e eles caminharam, com os passos pesados, em direção à multidão, desaparecendo e voltando ao anonimato.

Abdel Karim os observou enquanto se afastavam, sem manifestar nada que indicasse um senso moral. A jovem, ainda no chão, continuava a chorar.

— E você, *Aladji*[10], você é o pai do homem?
— Sim — respondeu o outro velho.
— E a mãe?
— Não veio. Não tinha nada o que fazer aqui. Proibi que viesse.
— Tem algo a dizer ao seu filho?

O velho, como resposta, cuspiu com força na direção do condenado, atingindo-o no peito. Em seguida acrescentou, fazendo uma careta de repulsão:

— Não é mais meu filho. Nunca foi.

---

[10] Alteração de El Hadj, sinal de respeito geralmente mostrado a homens respeitáveis e idosos, bem como àqueles que fizeram a peregrinação à Meca.

— Assalamu Aleikum, meu irmão — limitou-se a retrucar Abdel Karim.

— Aleikum Assalam. Allahou akbar, viva a Irmandade!

Depois se virou e voltou com passos orgulhosos para a multidão dos homens. Seu filho não havia dito uma palavra nem manifestado qualquer emoção, nem ao cuspe nem à fala do pai.

— Meus irmãos, agora vamos dar continuidade ao castigo, que é a Vontade de Deus. Que isso sirva de exemplo a todos. O adultério é um pecado capital. A Lei punirá todos os adultérios. A Irmandade não fechará os olhos diante de nenhum pecado. Deus é nosso guia.

Abdel Karim ordenou que o homem ficasse de joelhos, na mesma postura da jovem.

Havia três carrascos para dois condenados. A morte deles tinha de ser certeira. Ao lado do grupo estava Abdel Karim, cujo rosto era banhado pelo sol. O povo parecia morto; no entanto, os nervos estavam à flor da pele, a respiração contida, ansiosa, agitada, palpável em seus tremores.

— Apontar! — ordenou o gigante.

Os carrascos carregaram e miraram.

Abdel Karim olhou uma última vez para os dois condenados. Eram bonitos, tinham só vinte anos.

— Fogo!

Três detonações soaram, cujo eco permaneceu suspenso no ar, como pó de fogo. Os jovens amantes caíram sem dar nem um grito. A moça tinha dois buracos vermelhos no peito. O rapaz havia sido baleado no meio da testa. Não estavam mais de mãos dadas.

— Allahou akbar! — gritou Abdel Karim.

Como se fosse uma libertação, a multidão retomou o grito em coro, em meio aos cheiros de pólvora e morte.

2

Uma noite de lua cheia e sem estrelas envolveu Kalep, e a cidade, que as conversas relacionadas à execução da manhã tinham animado ao longo da tarde, parecia, agora, desabitada. Sozinhos ou em grupos, alguns mendigos perambulavam no deserto urbano e, de tempos em tempos, um deles, em algum lugar, proferia para a noite palavras incompreensíveis, muitas vezes marcadas por um riso delirante; logo então, num ímpeto de solidariedade de coração, e de condição, gritos e exclamações de outros mendigos ecoavam. E, por alguns segundos, o estranho e improvisado coro se transformava numa ladainha, não se sabia se alegre ou triste, feliz ou desesperada, contente ou queixosa. Era tudo isso junto, talvez, e às vezes alcançava a graça, a leve, doce e obsessiva graça de um noturno. Então, bruscamente, assim como havia irrompido na noite, nela se fundia; e o império do silêncio se espalhava novamente, ainda mais pesado. Na intimidade das casas, a atenção que o fortuito recital havia suscitado diminuía; sem uma palavra, cada um retomava o fio de suas ocupações ou pensamentos.

— Teria sido melhor um recital de latidos de cachorros! Esses malucos cantam muito mal!

— Não tem mais cachorros errantes em Kalep, irmãzinha. Não tem nem sequer cachorros nesta cidade, a não ser que a população tenha amordaçado e escondido todos eles.

— Ah... é verdade, eu não tinha percebido. Já faz umas semanas que não vejo Pothio, aquele cachorro do bairro de que morro de medo. Ele não vem mais para cá. Mas por quê? E por que não tem mais nenhum cachorro?

— Mataram todos eles, estão queimados e empilhados na saída da cidade, indo para o Sul. Ainda dá para ver as pilhas dos cadáveres torrados. Dizem que são animais satânicos, que atraem o Diabo. Por isso foram mortos.

Na hora, Idrissa se arrependeu de ter falado de maneira tão cruel com a irmã.

— O que são pilhas?

— Montes...

— Tá. Mas quem matou eles?

— Você sabe...

— De novo aqueles lá... Que homens maus! Mas por quê?

Idrissa Camara sorriu tristemente com a indignação da irmãzinha de nove anos, Rokhaya. A raiva sincera chegava a ser tocante e irrisória. "É, muito maus", ele pensou, olhando para a criança que, já tendo recuperado o bom humor habitual e esquecido a raiva, correu para os braços da mãe, que estava entrando na sala. Idrissa foi até a janela, que dava para uma das principais ruas do centro da cidade. Ficou ali por longos minutos, como se esperasse que, de repente, um milagre acontecesse.

Era um jovem de dezessete anos, alto, magro — fino, dizia com gosto —, com feições harmoniosas. Seus olhos eram muito claros, e o contraste de seu brilho com a escuridão da pele dava ao olhar uma intensidade estranha, determinada e melancólica ao mesmo tempo.

O jovem, olhando fixamente para a rua sem vida, acariciava os poucos pelos que começavam a crescer no queixo. Perdido em seus pensamentos, demorou para perceber que a rua estava ficando movimentada. A irmã teve que começar a pular e gritar: "São eles, são eles! Quero ver! Me levanta, Idy!" para que ele emergisse do devaneio.

Da janela Idrissa viu, assustadores na noite, seis jipes armados com metralhadoras passando na rua. Na parte de trás de cada um dos veículos havia homens sentados, armados. Mal se via as imóveis silhuetas na sombra. O olhar do jovem enrijeceu. Os veículos, em fila indiana, avançavam lentamente. As metralhadoras apontavam para o céu; seus canos emanavam um clarão virgem na noite. Por alguns segundos, uma espécie de duelo com a morte parecia ter começado entre o jovem e o cortejo, que se assemelhava a uma anaconda de ferro, da qual cada veículo constituía um anel. Idrissa não tirou os olhos deles até que desaparecessem e que o barulho dos motores se dissipasse. Seu olhar reencontrou, então, um pouco de humanidade.

Enquanto isso, Rokhaya continuava agitada e gritava aos pés do irmão, puxando-o, arranhando-o, batendo nele, até fingindo chorar, na esperança de que ele a levantaria e lhe mostraria os jipes, os quais ela havia sido a primeira a notar. A passagem dos jipes armados já tinha virado um hábito, uma espécie de ritual: a menina observava sua chegada com o curioso tipo de excitação que as crianças sempre desenvolvem com relação às coisas incomuns e que nutrem sua imaginação. E Rokhaya, pouco a pouco, aprendera a reconhecer o barulho dos veículos e a ver as luzes dos faróis.

— Não tem mais nada para ver, Rokhy. Foi bem rápido.

E quando Rokhaya desabou, chorando, o jovem foi para o quarto, no primeiro andar, depois de pedir à mãe, que havia voltado à cozinha, para chamá-lo assim que terminasse de preparar o jantar. Trancou-se no quarto. A irmã já não chorava mais.

"Quando eu era pequeno, chorava porque não conseguia ver

o cortejo da Dança do Falso Leão. Hoje, a Rokhaya chora porque não consegue ver os carros armados". Ele pensou nos jipes que avançavam lentamente na rua e reconheceu, a contragosto, o caráter majestoso do comboio. Enxotou imediatamente essa ideia e se sentiu envergonhado de tê-la tido.

— Que país... — dessa vez, Idrissa Camara falou em voz baixa.

3

Na cozinha, Ndey Joor Camara, nascida Sarr, estava ocupada com o jantar, e a fumaça única de seu *erre*[11] pressagiava a delícia da comida, enchia a atmosfera da casa, seduzia as papilas gustativas, excitava o paladar, aguçava o apetite. Ndey Joor Camara tinha a melhor mão para a cozinha da cidade, ficando dentre as cinco melhores da província. Pelo menos era o que diziam. Das muitas vantagens que a educação rigorosa lhe havia conferido, a mais notável era o domínio da delicada arte da culinária sumalesa. Com ela, à luz de sua ciência, culinária virava gastronomia. Ela sabia fazer tudo: combinar os melhores ingredientes para realizar as composições mais notáveis, com sabores deliciosos e aparência e odor agradáveis; liberar os sabores mais delicados de produtos incomuns; conseguir extrair os aromas mais sutis e finos dos pratos. Sua cozinha era, por vezes, suave sem ser insossa, picante sem ser vulgar, e a esse gênio da nuance no caráter do prato ela acrescentava o conhecimento perfeito dos produtos locais do Sumal: ou seja, a melhor maneira de usá-los, celebrá-los e sublimá-los. Sem nunca ter aberto um desses livros de receitas que não dão espaço às duas coisas que devem ser as principais qualidades de qualquer grande cozinheira, a liberdade de criar e o instinto de improvisar, ela sabia, no entanto, fazer todos os tipos de pratos,

---

[11] Pratos à base de farinha de milheto, cereal que simboliza a fertilidade, temperada com vários molhos, muito popular na África Ocidental. Pronúncia: tiéré.

dos mais clássicos aos mais originais, dos mais complexos aos mais simples do repertório gastronômico do Sumal. Porque ela cozinhava com a intuição; e, melhor ainda, com o coração: sentindo o aroma da cozinha, sublimando-a continuamente, brincando com ela, com seus cheiros e códigos. Isso se refletia em seus pratos; e sua mesa, uma das mais cobiçadas de Kalep, sempre oferecia surpresas, mesmo nos pratos mais conhecidos, nos mais populares e nos mais servidos. Havia um algo a mais inconfundível que levava à afirmação certeira: "Aqui tem a mão da Ndey Joor Camara". Da mesma forma que se fala de estilo, voz, tom ou técnica próprios a um artista para enfatizar sua singularidade, era justo, em se tratando dessa senhora, falar de mão para marcar seu gênio único.

 Encorajada pela família, Ndey Joor chegou a abrir, numa época, um restaurante que se tornou, em pouco tempo, o mais cobiçado não só da cidade, mas de toda a província. Com a ajuda do boca a boca, a reputação do talento de Ndey Joor Camara para a cozinha rapidamente se espalhou para além das fronteiras de Kalep. Todas as mesas eram ocupadas a partir das dez e meia da manhã para o almoço e a partir das seis da tarde para o jantar, embora as pessoas comessem duas ou três horas mais tarde em Kalep. Bem se sabe que a perspectiva de um banquete nivela qualquer pudor e contenção. Elas vinham de Soro, Bantika, Akanté, as cidades vizinhas a Kalep, para comer no restaurante de Ndey Joor. Faziam fila, empurravam-se e às vezes até brigavam — isso já tinha acontecido — para ter o privilégio de degustar um dos sessenta pratos propostos por çinn-gui[12]. Todos de Kalep se lembram, ainda hoje, de cenas surreais de filas intermináveis e concentrações colossais em frente às portas fechadas do local. A

---

[12] A Panela.

maré humana, agitada e faminta esperava que as portas do paraíso do prazer se abrissem e, se demorassem a se abrir, cantava com uma voz desmedida, terrível: "*Yërmandé, añ wi!*[13]". Era aterrorizante. E quando as portas se abriam! Quando se abriam! Era a maior barafunda, correria, empurrões jamais vistos. Tal como Amílcar se encarregando dos bárbaros com sua manada de elefantes na batalha de Macar. Vendo o espetáculo de homens famintos correndo para atacar as mesas, Flaubert poderia ter reescrito a seu respeito, sem ser acusado de ousadia na analogia: "Eram os setenta e dois elefantes, que se precipitavam em linha dupla.[14]" E o povo, então, unido alguns minutos antes pela fome, se dividia, se deslocava, se desunia por causa dessa mesma fome. Empurravam-se e, na massa da qual a inteligência havia se retirado temporariamente, ternos lutavam contra trapos, diretores de empresa contra gente humilde, patrões contra desempregados. A luta de classes é o motor da História. A fome é o motor da luta de classes.

Longe de se sentir lisonjeada por isso, Ndey Joor ficou assustada com tamanho sucesso, que a surpreendia. As cenas de pugilismo para conquistar seus pratos a aterrorizavam, e ela se sentiu logo assediada: ligavam incessantemente para ela, para fazer reservas, ofertas de parcerias ou mesmo de contratos com grandes hotéis do Bandiani. Até recebeu cartas anônimas com ameaças. Suas amigas, a quem ela havia se aberto, achavam que as cartas vinham de donos de restaurantes concorrentes que perdiam a clientela para o *çinn-gui*; já Idy, seu filho, achava que as missivas haviam sido escritas por essas amigas:

---

[13] "O almoço, misericórdia!"
[14] Salambô, Gustave Falubert, capítulo VIII.

— Por causa de você, os maridos delas não comem mais em casa — dizia ele, sorrindo.

E assim continuou, até que depois de dois meses angustiantes, durante os quais ela já havia recuperado completamente o dinheiro investido (alguns clientes, quando lhe perguntavam: "Para comer aqui ou levar?", respondiam na cara dura: "Os dois"), Ndey Joor supliciou Kalep: fechou o restaurante. Criticaram-na, suplicaram-lhe, fizeram-lhe todo tipo de propostas. Ela recusou. E fechou o çinn-gui, restaurante de que os kalepenses se lembrarão por muitas e muitas gerações.

Hoje, no local em que existiu, há uma loja de ferragens, mas ainda pode-se ver na fachada do prédio, escrito em letras vermelhas, o provérbio que Ndey Joor Camara havia escolhido como lema: "çinn su naree neex su baxee xeeñ[15]". O gerente da loja de ferragens, que fora um dos fiéis do restaurante, não o apagou para preservar a lembrança.

---

[15] Provérbio wolof: "É por seu aroma que um prato anuncia o quão é delicioso".

4

Mãe e filho, depois que Rokhaya adormeceu, ficaram sozinhos na sala. Sentados lado a lado no sofá, ouviam o rádio da província, que transmitia um sermão religioso.

— O que tem na TV?

— Provavelmente a mesma coisa que na rádio, com o bônus da cara do imbecil que pensa que é Deus.

Calaram-se. A voz da rádio citava um versículo.

Eles não estavam realmente escutando. Ou, se estavam, escutavam apenas algumas partes, sem se concentrar realmente, como se tivessem a atenção velada. Eles gostavam desses momentos, quando um doce devaneio se misturava confusamente com um pensamento indolente.

— Executaram dois hoje cedo.

Idrissa disse isso como se se tratasse de uma futilidade. A mãe fez um breve silêncio antes de responder, com a voz cansada:

— Eu sei. Os tiros acordaram a Rokhaya e ela veio chorando para o nosso quarto. Tentei acalmá-la, também fiquei com medo. Seu pai já tinha saído. Você conhecia os dois?

— A essa altura, todo mundo conhece um pouco quem é morto. Hoje, foram a Aïda Gassama e um tal de Lamine Kanté.

— Aïda? A filha de El Hadj Seydou e Aïssata?

— Isso.

— Oh, meu Deus... *Ina lihali wa ina ilayhi wa radjihun*[16]. Ela tinha a mesma idade que você, né?

— Tinha dezoito anos.

— E o rapaz?

— Ouvi dizer que não era daqui, era de Bantika. Tinha vinte anos.

Ndey Joor Camara, internamente, recitou outra oração pelos mortos. Quando terminou, uma grande lassidão a invadiu.

— Vão ao paraíso — suspirou ela.

— Não sei. Estão mortos e ponto.

— O que eles fizeram?

— Acho que se amavam. Dormiram juntos. Foram pegos de surpresa. Uma das patrulhas noturnas. Abdel Karim apareceu, como sempre. Você ouviu como a multidão estava gritando?

— Ouvi... Ouvi... — repetiu ela, um pouco depois. — Que Deus nos ajude.

— Foi em nome desse mesmo Deus que mataram eles? Como ele poderia ajudar a gente? — perguntou Idrissa.

Ndey Joor Camara não respondeu e fechou os olhos.

O ar daquele mês de junho estava pesado. O inverno se anunciava e, mesmo à noite, o calor era esmagador. Idrissa agitava suavemente, na frente do rosto, um jornal que fazia às vezes de leque. Ouvia, por vezes, o tom monocórdico da voz que saía da rádio.

> (...) *nossa província está destinada a ser uma província de paz, dedicada aos serviços a Deus. A Irmandade, conforme a vontade de Deus, é o instrumento dessa paz. Convidamos todos os povos do Bandiani, sejam eles de Soro, Bantika, Kalep ou qualquer outra área, a se juntar*

---

[16] Oração pelos mortos.

> à Irmandade e ajudá-la a servir à Lei de Deus. Foi-nos recomendada a unidade, devemos (...)

Idrissa virou-se para a mãe. O que ela achava de tudo aquilo? Ela devia estar com medo e se perguntar, como todo mundo, sem dúvida, pelo menos como ele, como tudo aquilo tinha acontecido.

> (...) em Kalep, dois jovens receberam o castigo supremo por terem pecado. Tiveram relações sexuais sem estarem casados, e nem sequer estavam noivos. Deveriam ter sido castigados com o açoitamento. Deveriam ter recebido cem golpes de açoite. Mas, diante do atrevimento e da recusa em se arrepender, o capitão Abdel Karim Konaté, comandante das tropas de Kalep, recebeu a ordem de El Hadj Majidh, cádi da Irmandade, juiz supremo do Tribunal Islâmico, para executá-los com fogo. Isso foi feito hoje, conforme a vontade de Deus, em máximo respeito à dignidade humana e (...)

Idrissa achava estranho nunca ter conversado com a mãe sobre o que estava acontecendo. Mas o que diriam um ao outro além do que já sabiam? Idrissa pensou que, no fundo, era inútil falar, mas sabia que essa ideia talvez fosse a maior vitória da Irmandade: conseguir fazer as pessoas acreditarem que falar era inútil e que a própria Irmandade poderia falar em seu lugar, expressar melhor seus pensamentos, em sua própria linguagem. E, dispensando-as de falar, ela também as dispensava de pensar. Os regimes autoritários crescem assim: porque conseguem criar a ilusão da inutilidade da comunicação, da preguiça diante da linguagem, uma virtude individual e coletiva. Não se trata simplesmente de extinguir a palavra e a linguagem: de maneira mais insidiosa, a propaganda consegue — sendo mais sutil, difícil, perigosa — fazer crer àqueles a quem se dirige que a extinção de suas vozes é uma feliz necessidade. Estes permanecem em silêncio porque já não consideram necessário falar, tudo lhes parece muito óbvio e claro. Nada, claramente, é realmente claro, e a ideologia surda engrossa e floresce na ilusória limpidez dos fatos. Idrissa sabia, mas continuou calado. A inutilidade prevaleceu e, com ela, a Irmandade.

(...) *e todos os outros pecados serão punidos. É a Vontade de Deus, e a Irmandade servirá a essa Vontade, sempre. A Irmandade é o Futuro... Deus está conosco. A Irmandade* (...)

Como se tivesse sentido os olhos do filho pousando sobre ela, Ndey Joor Camara abriu os dela. Pegou a mão dele e sorriu, como se quisesse tranquilizá-lo. A pressão do braço, o olhar e o sorriso confortaram o jovem, que quase lamentou ter tirado a mãe do devaneio em que parecia estar mergulhada.

— Tudo vai ficar bem, filho.

E, sem esperar resposta, ela se levantou e foi ao banheiro.

— Vou fazer as abluções — disse ela.

— Não sei como você tem força e coragem para orar.

— Não é só força e coragem, é esperança.

— Isso eu já não tenho mais.

— Você não pode desistir.

Ela entrou no banheiro.

— Mas todo mundo deveria poder — murmurou ele.

Ao dizer isso, olhou para a porta de entrada da sala, ao lado da qual estava pendurada, na parede, uma fotografia emoldurada de sua família, tirada havia sete anos, durante o segundo aniversário de Rokhaya. A mãe, mais radiante do que nunca, com um sorriso discreto e suave, carregava no colo Rokhaya, que estava chorando. Ele se viu com dez anos de idade, sentado escarranchado, com um sorriso no qual faltavam dois dentes. E, ao seu lado, havia dois homens que também sorriam, cúmplices no bom humor, parecendo inclusive esconder alguma travessura. O mais velho dos dois homens estava com os braços ao redor dos ombros do outro, que estava à sua direita, erguendo um punho para o céu. Seu pai e seu irmão mais velho. Mas eram outros tempos, os tempos de antes. O que havia sobrado, hoje, do pai e do irmão mais velho?

Pensando nisso, sem ter forças para concluir o raciocínio, uma espécie de amargura o tomou e ele teve vontade de esquecer todas as lembranças daquela época, enquanto a voz do transístor, ainda tão implacável, parecia concluir o discurso:

(...) *Deus os proteja dos renegadores da fé. Durmam em paz, pois a Irmandade os protege conforme a Vontade de Deus. E lembrem-se (...)*

Ele se levantou, desligou o aparelho e se jogou no sofá. No silêncio da casa, ouviu apenas o sussurro da voz da mãe orando.

5

Meu nome é Aïssata e eu estava lá. Eu teria gostado que você também estivesse lá. Sim, teria gostado. Teria me sentido menos sozinha, menos morta. Poderíamos talvez ter sido mais fortes juntas. Talvez até teríamos conseguido mudar alguma coisa. Aguardei você. Esperei você. Quando fomos chamados, minha primeira reação foi pensar em você, procurar você. Para ter certeza de que tudo era verdade. Para me assegurar de que não era um pesadelo. Para ver em outro rosto a loucura que estava por vir. Sim, eu queria um espelho e você era esse espelho. Tinha que ser você. Eu precisava que alguém o fosse. Eu precisava de alguém que, com o rosto, me chamasse para me dizer que realmente entendia o que estava acontecendo. Com mais profundidade do que a razão humana pode entender. Eu queria alguém que, como eu, pudesse suportar a lucidez e não conseguir se afastar dela. É fácil sofrer por causa do que não se entende. É só se deixar levar. Mas sofrer por entender, receber respostas, olhar para o mundo e o conhecer, saber o que está acontecendo, esse é o verdadeiro sofrimento. Eu esperei você porque ninguém mais poderia sentir o que é a dor. A verdadeira dor. Aquela da qual não se pode escapar. Aquela que não se esconde, não se doma, não se reduz. Não aquela que só é sofrida, mas a dor verdadeira, aquela que cresce a cada segundo porque nos recusamos a esmorecer. Se você soubesse o quanto a esperei.

 Por que você não foi? O que você esperava, o que achava, que o simples fato de não olhar a machucaria menos? O que você achava? Que não ver a salvaria? O que resta a salvar, no ponto em que você está, no ponto em que nós estamos? Você pode até ter sofrido mais do que eu. Espero que sim. Que pague pela ausência de sofrimento.

Eu realmente não sei o que me leva a escrever para você. Eu lhe falo, desde há pouco, de nós e nossa dor, de nós diante da dor, mas não sou ingênua como as pessoas que acreditam que podemos superar a dor ao compartilhá--la. Não estou tentando vencê-la. Estou tentando sobreviver, mas a dor sempre ganha. Sobreviver à dor não é vencê-la, mas apenas adiá-la. Adiá-la para um momento bem à frente. Nós a perseguimos. Porque estamos tristes. Então, um dia, não conseguimos alcançá-la. Estamos mortas. Nunca vencemos diante das dilacerações, apenas as abandonamos. Contra a nossa vontade.

Você deveria ter ido. Seu filho também estava esperando você. Vi nos olhos dele. Ele não via o pai, estava procurando a mãe. Vi a solidão e a tristeza em seus olhos. Olhei para ele. Estava bonito. Ele queria ver você. Eu não era a mãe dele, não podia fazer nada, mesmo olhando para ele com todo o amor que pude, como olhava para minha filha, minha querida Aïda. Mas isso não substituiu nada, nunca. Eles estavam lindos juntos.

Chorei e me arrastei na lama. Voltei para a multidão esperando até o último momento que algo os salvasse. Que você aparecesse, que Deus, Deus... Mas nada aconteceu. Ninguém apareceu. Deus...

Olhei até o fim. E até o fim eles ficaram de mãos dadas.

6

Quando Malamine e Velho Faye entraram no bar, o espetáculo que viram não os desconcertou. Tinham se preparado para encontrá-los lá. Não deixaram nem um pingo de surpresa transparecer no rosto e foram até o fundo da sala, da maneira mais natural possível, depois de ter cumprimentado os presentes, que, por alguns segundos, ficaram imóveis quando os dois homens entraram. Estes cumprimentaram de maneira educada, a que os outros responderam: *"Aleikum Assalam"*. Em seguida, a alegre atmosfera do *Jambaar*[17] — esse era o nome do bar — voltou, com explosões de risos e apóstrofes alegres.

Sem dúvida o *Jambaar* era, em Kalep, o único lugar onde ainda havia alguma movimentação, às vezes, à noite. Ficava no centro das povoações pobres no sul da cidade, no piso térreo de um edifício cujo exterior deixava a desejar, mas cujo interior, sem ser rico nem luxuoso, mantinha, todavia, a limpeza e a decência que podiam restaurar a dignidade dos casebres mais deteriorados. Nesse bairro que continha tantos deles, o *Jambaar*, apesar da aparência modesta, assemelhava-se a um palácio. Era um bar que parecia ter sempre estado lá, um desses lugares populares que conseguem, não se sabe bem como, refletir tudo o que uma cidade contém no que diz respeito a identidades, encantos, obscuridades, virtude, vício — um lugar, afinal de contas, de que todos gostavam. Todos ainda se lembravam

---

[17] O guerreiro valente, o herói.

da feroz concorrência de popularidade que tinha assolado a cidade havia alguns anos, entre o bar e o restaurante de Ndey Joor Camara. Mas essa suposta concorrência ocorria apenas nas conversas entre os habitantes de Kalep; pois, na realidade, o que era tido como concorrência era nada mais do que uma colaboração tácita: o çinn-gui alimentava Kalep de dia e à noite; o *Jambaar* a embebedava de madrugada. Este lhe dava de beber, aquele lhe dava de comer. Só isso. Infelizmente essa colaboração vital durou apenas algumas semanas; o *çinn-gui*, por razões já conhecidas, fechou as portas.

O *Jambaar* abrira as suas portas quarenta anos antes, época em que a cidade ainda tinha apenas o tamanho de uma aldeia, sem eletricidade, sem ruas asfaltadas, sem sequer uma unidade de saúde. Ali morria-se jovem e dizia-se, rindo, que essa era a vontade do bom Deus. O *Jambaar* tinha, praticamente, visto Kalep eclodir, crescer, se expandir, até se tornar, hoje, uma das joias do Bandiani e do Sumal. O bar era testemunha. O homem que o mantinha desde seu nascimento, e que sempre se recusara a transmiti-lo, era um homem já idoso, conhecido na cidade e na região como Pai Badji.

Pouco se sabia sobre ele, embora fosse um dos habitantes mais antigos de Kalep. O homem era misantropo, no sentido mais profundo da palavra. Um paradoxo para um indivíduo cujo bar constituía a mais formidável concentração humana de toda a cidade. Como ser misantropo quando toda uma maré humana corre até seu estabelecimento todas as noites? Mistério. E Pai Badji era exatamente isso: um mistério. Ninguém realmente o conhecia; já ele conhecia todo mundo. Saía muito pouco, falava apenas quando não tinha escapatória, morava sozinho, caminhava sozinho, não parecia sensível a nada e, no entanto, prestava atenção em tudo. Aos setenta anos — sabia-se sua idade porque, quando fizera uma carteira de identidade, não tivera outra escolha a não ser revelá-la a um policial que, fofoqueiro, espalhara a informação ——; bom, aos setenta anos, Pai Badji parecia ser quinze anos mais novo, o que testemunhava um rigoroso estilo de vida. Ele tinha um rosto severo; a testa coberta por algumas rugas profundas, em que os traços de uma existência formidável pareciam estar à espreita. A cabeça, embranquecida pelos anos, era talvez a única pista que poderia ter traído a idade avançada, pois o corpo ainda era vigoroso. Contudo, a perna esquerda mancava ligeiramente. Mas essa deficiência, embora o reduzisse fisicamente, não removia de maneira alguma a aura enigmática que o envolvia cada rara vez que ele saía de sua casa para caminhar em Kalep. A claudicação parecia torná-lo ainda mais fascinante, e imaginava-se, com certo exagero, por qual provação havia passado aquele homem que, na mente e no corpo, parecia esculpido em bronze. Os kalepenses mais velhos, que haviam participado da abertura do *Jambaar*, diziam que Pai Badji era um ex-militar que recebera um estilhaço de granada na coxa e fora reformado. Também acrescentavam que o estilhaço ainda estava na perna. Essa história, verdadeira ou falsa, era, de qualquer forma, inverificável: Pai Badji não tinha amigos, e aqueles que tentaram se aproximar dele — foram muitos durante esses vinte anos — depararam-se com silêncios, olhares terríveis e poucas palavras, educadas, mas afiadas, cujo significado era o de deixá-lo sozinho. Kalep, cidade curiosa, tentou descobrir o segredo do homem; as crianças foram usadas para adulá-lo: Pai Badji lhes deu doces e pediu que fossem brincar em outro lugar. Tentaram amolecê-lo com presentes: ele os recusou educadamente, alegando que não gostava de presentes. Chegou-se — última e terrível arma — a tentar descobri-lo por meio da sedução feminina: ele recusou galantemente as mulheres que não eram de seu agrado, colocou na cama as escolhidas e se negou a fazer confissões a todas elas. Aquelas que conseguiram entrar em seu quarto — raríssimas, e isso aconteceu há mais de trinta anos, nos primeiros anos após sua instalação em Kalep — diziam, todas, três coisas, que davam algumas informações sobre o homem. Eis as três coisas: ele vivia de maneira humilde, sempre oferecia algo depois da relação e fazia amor gostoso e silencioso. Isso era praticamente tudo o que sabiam sobre ele.

Quanto ao resto, sempre era visto de pé atrás do balcão, impassível, fumando cachimbo, ocupado com os pedidos, enchendo os copos, sem falar nada. E por mais animado e barulhento que o bar estivesse, ele permanecia impenetrável, ocupado com o trabalho. Quando tinha que fechar, fechava, e subia ao primeiro andar, onde morava.

O *Jambaar* era uma espécie de grande sala circular iluminada por algumas luminárias de néon que irradiavam uma forte luz branca. Havia mesas grosseiramente esculpidas num velho ébano, regularmente distribuídas, bem como cadeiras da mesma madeira. Duas grandes janelas, no fundo da sala, pareciam condenadas, ao lado de uma porta que tinha o mesmo destino. Na entrada, logo à direita, uma escada levava ao primeiro andar, onde morava Pai Badji. O ladrilho do piso, embora limpo, tinha algumas rachaduras em determinados lugares. Adjacente à rampa da escada e ocupando parte da ala direita da sala, havia o balcão, que se ajustava à forma da sala e formava um semicírculo. Era um bar comprido, construído com uma madeira preta que outrora fora provavelmente esplêndida, embora a decoração fosse rudimentar. Bancos altos combinando com as mesas alinhavam-se em toda a sua extensão. Atrás do balcão via-se uma grande geladeira que continha os refrescos, uma pia onde, entre dois serviços, Pai Badji lavava a louça, bem como um armário de parede onde inúmeros copos de vários usos e de todas as formas estavam alinhados. Acima de tudo isso, bem em destaque, via-se uma velha carabina de caça com cano de alma raiada, suspensa e apoiada por dois ganchos de ferro fixados à parede, um segurando o cano, o outro, a coronha. A arma contribuía para o mistério do lugar, e muitas conversas sobre sua origem ou função — se prática ou decorativa — não davam em nada, além de nunca contarem com o envolvimento de Pai Badji, evidentemente. À esquerda da porta de entrada do bar, um pequeno quadro pendurado na parede mostrava a lista de bebidas disponíveis e o preço. Abaixo dele, uma porta pintada de vermelho perfilava-se na parede, na qual estava inscrita, com uma grafia simples e sem imaginação: *"Banheiro. Deixe-o limpo ou o condeno, como fiz com aquele dos fundos."*

Tal era, mais ou menos, a configuração do *Jambaar*, cujo proprietário era Pai Badji e onde o clima era sempre animado.

Mas isso foi antes da Irmandade chegar. Pois quando chegou, e sem que ninguém soubesse explicar por que ou como, algo daquilo que havia construído a beleza do lugar começou a se perder. No entanto, a Irmandade não tinha feito nada, oficial ou extraoficialmente, que pudesse explicar por que o bar foi, pouco a pouco, abandonado.

Seus homens estavam lá, simplesmente.

Patrulhavam as ruas, silenciosos e ameaçadores, como espantalhos. Estavam lá com seus turbantes, seus jipes, suas armas. Isso bastava para esfriar um coração de homem, assustar uma alma de homem, separar um povo de homens. E foi o que aconteceu. Alguns habitantes continuaram a frequentá-lo de tempos em tempos, mas sem esperar encontrar as alegrias do passado. Depois houve os primeiros apedrejamentos e execuções públicas. Daquele momento em diante, ninguém mais apareceu.

Badji observara tudo aquilo com lucidez. Ele entendeu bem rapidamente a relação entre a Irmandade e o declínio de seu estabelecimento comercial. E, como sempre, ficou quieto. De que adiantaria falar (ainda o sentimento de inutilidade da linguagem)? Quando o bar ficou sem clientes, Pai Badji dispensou os dois garçons que às vezes o ajudavam — e que também não sabiam muito sobre ele, exceto que era um proprietário honesto —, mas não fechou o bar. Continuou, todas as noites, a abri-lo, a ficar atrás do balcão e a fumar seu cachimbo. Passava noites inteiras assim. Sozinho. Às vezes acontecia, algumas noites, de um indigente sem um tostão se aventurar no local e pedir comida ou bebida. Ele lhe oferecia café para aquecê-lo e lhe dava o que restava de sua refeição. Essa situação estranha durou alguns meses.

Depois, pouco a pouco, o bar voltou a ficar animado, mas com uma animação diferente. Surgiu uma nova clientela. Cada vez mais, o bar passou a ser frequentado pelos servos da Irmandade da guarnição de Kalep. Souberam do lugar pelos moradores, que lhes disseram que, se quisessem se aquecer ou beber durante as madrugadas de patrulha, podiam ir ao *Jambaar*. E lhes indicaram o lugar. Inicialmente, apenas as patrulhas noturnas o frequentavam, até que, após os boatos, todos os demais membros da Irmandade instalados na cidade passaram a se encontrar ali com frequência, sempre que suas atividades lhes permitiam. Eles geralmente apareciam à noite ou um dia depois de dias com grandes eventos, quando ganhavam uma batalha ou tomavam um novo território, por exemplo. Ou depois de uma execução. Naquelas noites eles apareciam e bebiam, e festejavam, alegres, animados, despreocupados e embriagados.

7

Quando Malamine e Velho Faye entraram no *Jambaar*, encontraram o lugar cheio de combatentes. Instalados em pequenos grupos, ocupavam o centro da sala, que era mais iluminado. Dava para ver seus rostos, pois tinham tirado os turbantes que geralmente os escondiam. Eles brindavam, fumavam, papeavam. Lia-se uma centelha de alegria e confiança em cada fisionomia do pequeno destacamento.

Passando pelo grupo de soldados, os dois recém-chegados surpreenderam algumas palavras do que parecia ser uma conversa alegre:

— Ela tinha seios lindos, fiquei com vontade de atirar neles, já que não podia tocar! Se vocês tivessem visto de perto, *wallah*, teriam feito como eu, e então...

Os dois homens não ouviram mais nada, passaram pelo grupo sem se virar e se dirigiram para uma mesa que ficava perto das duas janelas e do banheiro condenado. O grupo de homens ria às gargalhadas enquanto os dois se acomodavam.

Eram quase duas horas da manhã quando os soldados foram embora do bar, dando grandes sorrisos que demonstravam bom humor. Tinham bebido muito. Pai Badji esperou calmamente que o barulho dos carros diminuísse na direção leste antes de ir até os dois homens instalados no fundo da sala. Eles não tinham saído da mesa desde que entraram. Pediram duas xícaras de *ataya*[18] e depois

---

[18] Chá.

ficaram lá trocando algumas palavras em voz baixa e visivelmente indiferentes ao riso e às conversas dos soldados.

Quando Badji enfim se aproximou, levantaram-se.

— Achei que não fossem mais embora — disse Velho Faye.

— E passaram a noite inteira falando de execução, de assassinato! Não sei como você faz para aguentar esse bando de assassinos.

O velho não respondeu e se contentou com algumas baforadas no cachimbo, olhando para Velho Faye com um ar neutro. Velho Faye era um homem de uns quarenta anos, de pele clara e gestos bruscos e nervosos. Tinha parado de fumar fazia dois anos e, apesar de algumas recaídas nos primeiros meses, havia conseguido pouco a pouco resistir à tentação. Hoje, não fumava mais, mas ainda mastigava chicletes freneticamente. A mastigação permanente movimentava seu rosto já inquieto e agitado, e tudo isso lhe dava o aspecto, sem dúvida alguma justo, de um homem apressado. Pior, de um homem estressado.

— Bom, muito obrigado por nos receber de novo, Pai Badji. Não sei o que seríamos sem você.

— Disponha, Malamine.

O homem que tinha entrado com Velho Faye, e que acabara de trocar algumas palavras com Pai Badji, acenou-lhe rapidamente com a cabeça, expressando gratidão para com o anfitrião. Malamine era alto e sua voz, grave e profunda, emanava uma grande serenidade, que contrastava com a agitação de Velho Faye. Ele era imponente e transmitia tranquilidade. O próprio Pai Badji não parecia insensível ao carisma do homem, um dos poucos com quem aceitava trocar mais do que algumas frases.

— Acho que somos os primeiros. Espero que os outros venham. Eu não me sentiria bem por você ter ido me pegar de carro em Soro por nada — disse Velho Faye.

— Não se preocupe, Velho. Eles vão vir. São amigos de palavra, você sabe disso. Antes de chegar a Soro, passei em Bantika. Avisei todo mundo. Quem mora em Kalep também já sabe, é claro.

— Sim, são pessoas de confiança. Mas não deixam de ser seres humanos. Nunca podemos, totalmente, confiar nos Homens. Eles mudam o tempo todo com relação a assuntos insignificantes. Imagine, então, com relação ao assunto da reunião. Imagine.

— Velho...

— Não confio.

Conhecendo a natureza profundamente cética do amigo, Malamine não respondeu mais e sorriu. Então se virou novamente para Pai Badji, que olhou para eles sem dizer nada e até mesmo com uma espécie de indiferença.

— Vamos preparar a sala, Pai Badji. Bom, os outros não vão demorar a chegar. Espere até que todos estejam aqui, feche o bar e venha conversar com a gente, por favor. Vamos esperar você.

Pai Badji simplesmente assentiu, virou-se e voltou lentamente ao balcão.

— Que velhote estranho!

— Você pode duvidar de todo mundo, até de mim, até mesmo de você, se achar engraçado, mas não dele. Nunca. É o mais essencial de todos nós.

Velho Faye encolheu os ombros com uma expressão de incredulidade, depois seguiu o amigo. Malamine se dirigiu à porta condenada. Diante dela, segurou a maçaneta, girou-a e, subitamente, empurrou-a. A porta se abriu e desnudou o espetáculo, mergulhado na escuridão, de banheiros fora de uso.

— O Pai Badji pode ser confiável, mas deveria pensar em colocar uma lâmpada aqui.

— Seria inútil, aqui não é um lugar importante.

Malamine esperou alguns segundos para que seus olhos se acostumassem com a escuridão. O espaço era quadrado e tinha uma configuração muito simples. À direita, alinhada contra a parede, tinha uma fileira de quatro cabines estreitas equipadas com vasos sanitários, separadas por finas divisórias de madeira nas quais havia obscenidades desenhadas ou escritas, mensagens de amor, números de telefone, insultos ou simples iniciais. À esquerda, paralelamente às cabines, havia quatro mictórios fixados à parede; e na parede do fundo, que ficava de frente para a porta de entrada, podia-se ver duas pias com um grande espelho rachado acima delas. Malamine caminhou até a cabine no final da fileira e a abriu. Estava vazia: o vaso sanitário tinha sido removido. No chão, no lugar do vaso, havia uma espécie de escotilha de madeira envolta por ferro. Malamine segurou o aro grosso, levantou facilmente o tampo, que parecia pesado, e o encostou na parede.

Abriu-se, aos pés dos dois homens, uma obscura escavação. Malamine tateou um pouco a divisória, encontrou um botão e o apertou. Das profundezas da cavidade, uma luz branca foi irradiada, desvelando os degraus de uma escada subterrânea.

Em silêncio, como se acostumados àquela ação, os dois homens desceram por ela até o porão.

8

Todos compareceram. Ficaram lá, no pequeno espaço subterrâneo que era o porão do *Jambaar*, e que eles tinham conseguido transformar, com paciência, trabalho, prudência e discrição, em quartel general. Levou quase um ano, mas conseguiram, e agora essa sala, embora pequena, tinha um certo charme e dava a impressão de ser indestrutível. Talvez fosse o lugar mais seguro de Kalep, embora aqueles que lá estavam tivessem corrido grandes riscos.

Fora Malamine quem tivera a ideia do local, no dia em que testemunhara pela primeira vez uma execução.

Uma mulher, acusada de estar no caminho da perdição. Ela fora enterrada até a cintura e então o capitão Abdel Karim lera algum tipo de sentença de morte. Uma pilha de pedras já estava pronta. Malamine vira toda aquela multidão. Vira a mulher chorando, implorando, lamentando-se. E vira as pessoas, bêbadas, pegando as pedras e as jogando na mulher. Ouvira o último grito da condenada, um grito do qual toda a humanidade havia se isentado, e a vira morrer. Isso durara apenas alguns segundos (quem compreenderá, um dia, o momento em que a vida deixa uma alma e um corpo?): depois do grito, ela olhara para o céu e murmurara algo, então uma pedra, que uma mão mais hábil do que as outras havia lançado, atingira sua testa. Ela caíra para a frente e parara de se mexer.

9

A execução da suposta prostituta não apenas indignou Malamine, mas também o assustou. Malamine ficou com medo, e foi o medo que o fez reagir mais tarde. Ficou com medo não só porque um dia poderia estar no lugar da mulher ou ver ali um parente (embora não houvesse razões para que ele ou seus parentes fossem mortos por apedrejamento), mas porque, no momento da morte, a mulher, olhando para o céu, dissera algo inaudível, que ninguém ouvira. Essa foi a razão de um medo certeiro, imediato e profundo. As últimas palavras da mulher, pronunciadas à beira da morte iminente, vertiginosas em seu alcance, misteriosas em seu significado, o assustaram — era uma oração, um arrependimento, uma maldição, um chamado, uma lembrança? Ele não pôde suportar a ideia de que ninguém ouvira essas palavras, as últimas de uma vida. A mera ideia de que essas palavras não tivessem sido ouvidas por ninguém, de que a mulher tivesse sido obrigada a falar consigo mesma, a confidenciar a si mesma, a ficar sozinha e a se entregar à sua solidão, o horrorizava. As palavras finais da mulher tinham sido duplamente inúteis — nenhum ser humano as tinha recebido e nem respondido. Foi a inutilidade (o silêncio forçado) que assustou Malamine e o incitou, mais tarde, a querer resistir.

O medo, o medo glacial: é ele, e só ele, que une aqueles que resistem com aqueles que se submetem a um regime tirânico. Não há, logicamente, nem heróis nem bastardos, e a coragem não tem mais significado ou valor do que a covardia. Primeiro há apenas pessoas que têm medo, e que depois fazem algo com esse medo: fogem voando com as asas que ele lhes dá ou permanecem no chão, desesperadamente paralisados, com os pés atados.

Malamine tinha medo da inutilidade da linguagem, assim como outros ao seu redor tinham medo de chicotadas e intimidações.

O medo de Malamine era um medo válido; talvez até o único que pudesse sentir na situação que vivia.

Ele teve o medo bom: aquele que, de uma forma ou de outra, se relacionava à linguagem, à possibilidade de sua perda.

10

Primeiro Malamine não soube o que fazer. Em várias ocasiões, quase chegou ao ponto de ceder ao desespero, abandonar e abjurar o juramento, quase se resignando. Porém, a cada vez que a indignação enfraquecia, uma nova execução pública ocorria, e lá ia ele, embora o espetáculo o repugnasse. Mas, de cada pedra lançada, de cada bala disparada, de cada grito da multidão, de cada ricto dos carrascos, de cada queixa de um supliciado e de cada morte, ele tirava uma força nova. E enquanto os outros gritavam, jogavam pedras, ele caía de joelhos em meio às loucas gesticulações. Levantava-se somente quando a multidão, sem ar, ofegante, com a espuma da demência na boca, parava de berrar. Analisava, então, cada rosto da multidão que se dispersava, e em cada um deles não lia nem júbilo nem desgosto, mas simplesmente uma espécie de incompreensão, de indiferença, de uma irresponsabilidade insustentável.

Ele queria agir. Precisava de ajuda. E foi assim que a obteve.

Malamine gostava de caminhar à noite. Era naquela hora que encontrava, sob a cintilação das estrelas, o silêncio e a calma necessários para fortalecer as esperanças e apaziguar o desânimo. É apenas sozinha que a consciência humana se ergue e cai; sublimar a solidão da consciência é oferecer seu espetáculo aos olhos de Deus, fundir-se no momento em que a inteligência do mundo é a mais perfeita e a mais justa: a noite. Foi numa dessas noites grandiosas que Malamine foi, mais uma vez, socorrido. Ele errava à toa nas ruas de Kalep quando, chegando sem saber como à praça da prefeitura, distinguiu uma silhueta que se movia lentamente no centro dela. Com a estranha cumplicidade que une insones e caminhantes solitários, dirigiu-se à sombra, confiante. Precisava ir até o homem que estava andando, ir até ele, apenas. E o alcançara rapidamente: o homem mancava um pouco. E não se virou, embora, ao se aproximar dele, Malamine não tivesse feito nada para ensurdecer seus passos. Quando estava a poucos metros dele, o homem finalmente parou.

— Quem é você? — perguntou.
— Malamine.
— Continuo sem saber quem é você.
— Sou médico. Aqui, no hospital de Kalep.
— O que você quer?
— Não sei. Vi você e vim até você. Estou sozinho e você também.
— Sempre estive sozinho. Não gosto de falar com os homens, senhor. Fale com Deus, Ele está aí, todo Ele, a noite toda. Fale com Ele, Ele vai ouvir você. É paciente. Eu já não sou mais.
— Preciso da sua ajuda.
— Não ajudo ninguém.

Malamine se calou e olhou ao redor. Ao lado deles, um montículo de pedras se destacava na obscuridade.

— Já prepararam as pedras para amanhã.

O homem à sua frente não respondeu e continuou de costas para ele.

— Preciso de ajuda para lutar. Estou sozinho. Não dá para lutar sozinho contra esses homens. Quero combater a Irmandade.

Eles vão matar outra pessoa amanhã. Não quero ver isso de novo sem fazer nada. Não aguento mais.

O homem se virou lentamente. Por causa da escuridão, Malamine não conseguiu distinguir seu rosto.

— E quem disse que eu não sou um desses homens que você quer combater?

— Não sei de nada. Mas queria falar com um homem e vi você.

— Você é imprudente, rapaz.

Malamine se calou, por sua vez.

— Do que você precisa? — retomou o interlocutor, uns instantes depois.

— De um lugar seguro e de um amigo.

— Não tenho amizade para oferecer.

— O lugar me basta.

— Vá ao *Jambaar* amanhã, a esta mesma hora. Sou o gerente.

— Você é o famoso Pai Badji?

O homem não respondeu. Ele se virou e se afastou lentamente; a claudicação dava ao seu passo algo de perturbador. Malamine entendeu que a conversa havia acabado. Ele estava prestes a ir embora quando um impulso repentino tomou conta dele.

— O que tiraram de você?

Pai Badji parou abruptamente, como se a pergunta de Malamine lhe tivesse causado uma violenta concussão. Um vento fresco, vindo do deserto, ao norte, soprava na praça. Alguns segundos se passaram. Pai Badji respondeu:

— Meu cachorro. Queimaram ele.

E então o homem retomou a caminhada. Malamine o observou desaparecer na noite e voltou para casa. Foi assim que conheceu Pai Badji. No dia seguinte, encontraram-se novamente. Pai Badji havia lhe falado do porão do *Jambaar*, que quase não tinha mais utilidade. Originalmente, servia como armazém para as caixas de bebidas, mas Pai Badji acabou mudando de ideia e decidiu condená-lo, construir banheiros sobre ele. Na noite em que se encontraram novamente, Pai Badji se muniu de picaretas, martelos enormes, carrinhos de mão e muitas outras ferramentas: era preciso cavar para encontrar o espaço condenado, mas a magnitude do trabalho exigia outras mãos, para limpar, reconstruir, arrumar e organizar. Seria moroso, demoroso, difícil.

Malamine chamou, então, seus amigos, aqueles que, ele achava, aceitariam ajudá-lo. Todos aceitaram. Durante vários meses se encontraram uma vez por semana no *Jambaar*, em plena madrugada. Nem todos moravam em Kalep, mas ainda assim apareciam. O estranho balé durou muito tempo. A sala foi construída lentamente, em meio aos riscos, às patrulhas da Irmandade e ao medo de serem pegos de surpresa. Algumas vezes não conseguiram trabalhar, porque as patrulhas tinham ficado no bar até tarde ou tinham rondado o bairro com muita frequência. Mas conseguiram. Um ano depois do início das obras de reestruturação, a sala ficou pronta. Eles a mobiliaram com o mínimo necessário. Já tinham se reunido algumas vezes para conversar sobre a abordagem a adotar e a estratégia a ser implantada. A hora de agir tinha chegado.

Era o assunto da reunião naquela noite. Malamine, sentado no meio de seus companheiros, pensava. Pensava na mulher apedrejada e no que ela podia ter dito antes de morrer.

11

Estavam todos lá. Todos os seis que foram ajudá-lo, todos os seis que tinham, pacientemente, com uma abnegação infalível, construído com as próprias mãos a sala onde estavam, mas, acima de tudo, que tinham concordado em lutar ao seu lado.

Déthié estava lá. Déthié, o pensador guerreiro, o ideólogo; Déthié, o fervoroso. Déthié, seu amigo da juventude. Malamine sempre o admirara, desde que se conheceram na universidade de Bantika. Já naquela época ele tinha uma chama, uma pronúncia vulcânica, que hipnotizava. Tinha uma eloquência rara e se recusava a permitir que a fala e o discurso permanecessem meros impulsos de estilo e retórica. Preocupava-se, sempre, com a perfeita simbiose entre a beleza das palavras, seu misterioso e poderoso esplendor rítmico e a verdade das ideias. Déthié era cativante. Mas era um homem com um físico bastante discreto, se não ingrato; pequeno, com pernas curtas, atarracado, robusto, careca, cujo rosto era ornado com um extraordinário bigode. Mas, assim que falava, parecia crescer e ficar gigante. Escutavam-no sem o interromper. Na universidade, sempre estivera na linha de frente: líder das greves, responsável pelo comitê estudantil, porta-voz de movimentos de protesto. Mas não era como os responsáveis que se limitam ao mero interesse formal e administrativo de sua tarefa. Acima de tudo, Déthié gostava de lutar, e lutar por suas ideias. Ele gostava, aliás, de encerrar muitos de seus discursos com estas palavras:

— Morrer por suas ideias é a mais honrada das mortes, pois prova que você as teve. É um grande privilégio num mundo cheio de estupidez, que não pensa mais ou pensa tudo ao avesso.

Era um homem que não se tornara sensato com a idade: nada disso, a violência com a qual defendia suas ideias, bem como o ardor de seu temperamento, aumentavam conforme ele envelhecia. Era, agora, professor na universidade de Bantika. Estranho e irônico destino para um homem que detestava o conformismo e a opressão.

— Estou na universidade para reabilitar a tradição livre e subversiva, só por isso — repetia a quem quisesse ouvir, especialmente aos alunos.

Déthié aceitara o pedido de Malamine sem hesitar: fora o primeiro. Malamine estava feliz que ele estivesse ali. O pequeno grupo precisava de uma cabeça pensante. Déthié, esse baixinho terrível e inflamado, tão grande quanto um deus, revolucionário na alma, libertário por natureza, idealista por paixão, era essa cabeça.

Malamine era a alma. Codou, o coração. Codou. A esposa de Déthié. Se Déthié ainda estava vivo, o mérito era todo desse anjo em corpo de mulher. O temperamento de Déthié, abandonado à sua expressão natural, teria feito com que ele se opusesse abertamente à Irmandade. Ele precisava de uma rédea, um freio, antolhos, uma cerca. Codou era tudo isso ao mesmo tempo. Na primeira vez que viam Codou, perguntavam-se por que magia do amor ela tinha se unido a Déthié. Ela era, na verdade, tudo o que, aparentemente, ele não era. Tímida, praticamente emudecida, as raras vezes que falava em público revelavam, além da voz cuja suavidade perturbava tanto quanto a violência de Déthié cativava, a calma e a equanimidade, a clareza e a profundidade de um pensamento, a exatidão e a força das ideias. Ela falava pouco, mas falava bem, pensava sempre e pensava de maneira precisa. Déthié, Malamine lembrava-se bem, embora remontasse havia muitos anos, tomara-se de encantos por Codou, jovem que, apesar de nunca falar, participava de todas as reuniões dos vários comitês pelos quais Déthié era responsável. Ela tinha no rosto aquele ar que as pessoas que pensam constantemente e profundamente sabem como imprimir em suas feições. Quanto a isso, a propósito, Malamine achava que ele mesmo e Codou se pareciam muito. Quanto ao resto, Codou era Déthié, sem o ardor de seus surtos. Os dela eram raros, frios, calmos e comedidos, o que, talvez, os tornava ainda mais terríveis e impressionantes do que os do marido. Eles se amavam com um amor grandioso e incomum, em que a complementaridade das naturezas se misturava com a geminação das ideias. Esses amores, infelizmente, embora não sejam exclusivos e ciumentos, são frequentemente absolutos demais. Codou e Déthié admitiram a si mesmos não haver lugar, nem entre o casal nem em seus corações, para filhos. Não foram concebidos. Codou havia guardado do passado uma rica cultura adquirida como livreira, o que lhe permitia ajudar o marido nos trabalhos acadêmicos. Desde a chegada da Irmandade ela fechara a livraria, recusando-se, dizia ela, a exercer uma profissão tão nobre dentro de um país onde o sangue fluía e o medo reinava. Ela passava os dias entre os livros, lendo, fazendo anotações e meditando. Era uma filósofa moderna. Também não hesitara em aceitar lutar. Era o coração inteligente do grupo e uma das duas mulheres que o compunham.

    A segunda era Madjigueen Ngoné. Outro nome para a beleza. Ela trabalhava no hospital de Kalep, onde era cientista da computação. Fora onde Malamine a conhecera. Como todos que a conheciam, ficara primeiro impressionado com a beleza insolente dessa mulher que não tinha nem trinta primaveras. Seu corpo era um presente de Deus para o olhar humano. Sua pele, uma incitação ao toque. Mas o que era particularmente marcante em Madjigueen Ngoné eram seus olhos... Grandes olhos claros onde tempestades furiosas brincavam. Quem quer que visse seus olhos e o olhar que lançavam, tinha a certeza do caráter indomável de Madjigueen Ngoné. Ela era uma dessas naturezas selvagens presas numa enganosa aparência de doçura. Jovem, bonita, com o ar cândido, fazia imediatamente pensar numa moça fácil, estúpida, interessada e superficial. Quantos homens que tentaram levá-la para a cama receberam recusas secas e humilhantes? A independência de Madjigueen Ngoné a ensinara a zombar dos homens na mesma proporção em que deles devia desconfiar. Ela usava o charme para ridicularizá-los melhor e afirmar a recusa em ser uma mulher-objeto. Malamine era, sem dúvida, um dos únicos homens no hospital de Kalep, com Alioune, a quem ela mostrava algum respeito e alguma amizade. Malamine, no âmbito profissional no hospital, comunicava-se corretamente com ela, sem considerá-la um pedaço de carne, sem fazer com que ela se sentisse uma mulher bonita, sem lhe conceder privilégios que escancarariam uma cantada. Isso agradara à jovem, que só queria ser tratada como as outras. Assim nascera a amizade entre eles. Como não era de Kalep, ninguém, nem mesmo Malamine, sabia se ela tinha família. Sabia-se simplesmente que morava sozinha. Tal natureza, tão feroz e apaixonada pela independência, provavelmente não teria bastado para convencer Malamine a pedir ajuda a Madjigueen Ngoné. Mas uma noite, enquanto passeava na cidade, Malamine reconhecera a jovem que, carregada de comida e roupas, passava pelos mendigos de Kalep, dando uma roupa aqui, bolinhos de arroz ali. Malamine a seguira, mantendo-se à distância. Ainda bem, pois tivera a impressão de que Madjigueen Ngoné estava se escondendo para fazer a ronda, dissimulando-se, desviando a cabeça quando cruzava com as pessoas, como se temesse ser vista. Ela, tão dura, ela, tão singular, ela, tão altiva, rebaixando-se ao nível dos mais humildes, misturando-se com eles e os ajudando. Alguns poderiam ter visto isso como mera vaidade, mas Malamine vira como grandeza de alma. Agora, na sua cabeça, toda grandeza de alma condenava a Irmandade. No dia seguinte, pedira sua ajuda. Ela concordara.

Por fim, Alioune. Era o mais novo do grupo, mas, paradoxalmente, não é que era o mais velho espiritualmente? Alioune não esperava mais nada, não acreditava mais em nada, não esperava mais nada da vida da qual usufruíra durante apenas dezenove primaveras. Ele também trabalhava no hospital de Kalep, onde era enfermeiro. Uma tristeza insondável velava permanentemente seu rosto, e os únicos instantes em que podia ser visto de outra forma que não fosse habitado por esse tipo de melancolia desesperada eram aqueles em que lia. Malamine notara o jovem que nunca ria e era triste; um dia, intrigado, falara com ele:

— Nunca vi você sorrir, Alioune.

— É porque nunca sorrio, doutor.

— Mas por que... — Malamine começara.

Alioune o interrompera:

— Não me pergunte por quê. Não me diga que na minha idade tenho que sorrir. Não me diga que a juventude é alegre e não tem o direito de ser triste. A idade não tem nada a ver com isso. O que vejo não é alegre e não dá vontade de sorrir.

— Você parece desesperado.

— Não tenho nem esse luxo, doutor. Vivo como posso, numa terra cercada e seca, abandonada. Não estou desesperado, não sei o que isso significa. O desespero pressupõe que, algum dia, soubemos o que é a esperança. Não me lembro de quando ainda tinha esperança. Essa época já existiu?

— Você é muito jovem para ser infeliz.

— Não sou infeliz.

— Qual é a diferença entre não acreditar em mais nada e ser infeliz?

— Acredito numa coisa, doutor. Acredito na poesia. E não é uma falsa superioridade. Não sou um falso romântico. Não é deboche. Não estou fingindo nada. Envelheci rápido, mais rápido que qualquer um, e vi tantos horrores quanto qualquer um. Tenho o direito, sim, o direito de não acreditar mais na inteligência e na grandeza do ser humano e de acreditar só na poesia.

— Apesar de todos os seus esforços, você não pode deixar de acreditar no Homem ainda. Você é enfermeiro.

— E daí?

— Isso diz muito.

A conversa parara por aqui. Mas, a partir daquele dia, os dois homens se aproximaram. Malamine aprendera, pouco a pouco, a conhecer o jovem amigo, e quando Malamine, um dia, pedira-lhe ajuda para combater a Irmandade, ele simplesmente respondera:

— Não tenho nada a perder e posso ganhar o privilégio de finalmente sair daqui. Pode contar comigo.

Esse era Alioune: um jovem velho demais, intrépido por tristeza, horrorizado com o hábito da barbárie, que acreditava apenas nas raras belezas que, como efemérides, se projetavam em meio às ruínas, brilhavam o tempo suficiente para que aqueles que ainda sabiam vê-las pudessem contemplá-las e depois se esmaeciam.

Um jornal. Precisavam de um jornal que testemunhasse a barbárie. Um jornal com reflexões sobre a loucura terrorista. Um jornal clandestino. Fora a essa decisão que chegaram após as várias reuniões realizadas antes dessa. Criar um jornal, distribuí-lo por toda a província, correrem o risco de serem descobertos, mas, ainda assim, criá-lo. E analisar a situação sob todos os seus aspectos: político, religioso, filosófico, militar, ideológico, pura e simplesmente humano. Analisá-la totalmente: das origens às consequências, passando pelas ocorrências factuais e toda a sua complexidade. Um jornal, acima de tudo, para dizer "não". Concordavam com esse princípio. Foi hoje que ocorreu o primeiro encontro de trabalho.

Os sete camaradas estavam lá. Déthié, que escrevia a metade dos artigos. Codou, que os corrigia e os enchia de referências se necessário. Madjigueen Ngoné, que pegava os textos, fazia a diagramação e lhes dava a última forma digital. Velho Faye ficava encarregado de imprimi-los e encaderná-los. Alioune era responsável por ilustrá-los com fotos — se conseguisse tirá-las sem ser pego — ou desenhos. Já Pai Badji tinha que cuidar de toda a logística do que estava armazenado na sala do *Jambaar*. E ele mesmo, Malamine, escrevia os outros artigos.

Ele olhou para eles, e os seis amigos, de repente, pareceram gigantes, deslumbrantes; parecia-lhe que cada um encarnava uma parte do Homem e trazia nele um valor que fazia sua grandeza. Seus olhos ficaram embaçados.

Déthié era a Liberdade. Codou era a Justiça. Madjigueen Ngoné era a Igualdade. Velho era a Relutância. Alioune era a Beleza. Pai Badji era o Mistério. Tudo o que constituía o Homem. E ele? O que ele era?

— Pare de nos encarar com esse ar ausente, meu jovem. Já é hora de colocar a mão na massa, não?

Malamine sorriu. Déthié tinha razão. Ele convidou os amigos a se sentarem.

O trabalho começou. Não sabiam quantas noites levaria, mas foram em frente. Decidir começar a lutar e transformar o medo. É o mais importante e, naturalmente, o mais difícil para um homem que não é livre e sonha com a liberdade.

12

Eu me chamo Sadobo. Mas você já sabia. Sua carta me fez bem. Respondê-la faz com que eu me convença de que ainda não estou morta. Não sei como você conseguiu ir. Não sei. E não posso saber. Também estou irritada com você. Cabe a mim devolver a sua pergunta: o que esperava indo até lá? Queria provar ser corajosa? Achou que poderia frustrar a dor? Você realmente achou que ver o sofrimento faria você se acostumar com ele? Achou mesmo que sua presença poderia salvá-los? Salvar você? Você é ingênua.

E me fala de ser forte. Mas por quê? Por que tentar ser forte quando você sabe, lá no fundo, que nada mais faz sentido? Não dá para ser forte diante das entranhas mortas. Só dá para tentar. Mas tentar, aqui, é ser hipócrita diante do que nunca vamos conseguir. Nossa época acredita muito no homem, demais. Ela o superestima, o iguala a um deus, lhe dá forças, de qualquer forma. A vontade de desafiar o mundo, o destino, o evento, Deus, acaba se tornando o que há de mais desumano. Somos obrigados a ser e a permanecer fortes diante de tudo. Mas por que proíbem a fraqueza? Por que acreditar que o ser humano pode se reerguer sempre? É preciso aceitar a derrota. Aceitar sem se sentir um herói, sem explicar. Simplesmente perder. Perder. Saber abrir mão, cair, desabar, se quebrar completamente. Nossa época tem vergonha de sofrer. Seus sofrimentos são rápidos, superficiais, sem profundidade, e é esse seu verdadeiro sofrimento. Querem ser heróis sem ter os meios para isso. Querem ser pessoas trágicas sem ter a grandeza de uma tragédia. Eu sei que tudo em mim está destruído, destroçado. Prefiro, então, abrir mão. Você não acha que dá para vencer a dor. Eu acho que sim, com a única condição de deixá-la nos matar primeiro. Voltar à vida, é o que é preciso.

É por isso que não fui.

Não estou tentando convencer você. Acho que nós duas temos razão, e nós duas estamos erradas também. Você foi encarar a dor e se expôs à sua mordida brutal. Já eu, esperei por ela, deixei seu veneno subir. Não somos muito diferentes, acho...

Nossos filhos estão mortos, Aïssata. Sua filha está morta e meu filho está morto. Não precisa me dizer como: eu senti o horror na minha própria carne. Precisamos viver com a morte. Não podemos aceitá-la porque aceitá-la é impossível. Mas viver com ela, apesar dela. Não sabemos se vamos conseguir. A dor é imprevisível. Quando achamos que está cicatrizando, basta uma rajada de vento para reabrir a ferida.

Sinto falta de Lamine, Aïssata. Sinto tanta falta dele que meu ventre dói. Tenho a impressão de carregá-lo aqui dentro pela segunda vez.

Me escreva de novo.

Sadobo

13

Idrissa Camara atravessou com dificuldade a multidão do mercado. Ele foi obrigado, quando chegou à praça da prefeitura, a descer da bicicleta, que agora fazia rolar ao seu lado, e a tentar da melhor maneira possível ir adiante apesar dos obstáculos que retardavam a caminhada em meio aos barulhos que o distraíam, aos cheiros que, sucessivamente, o agrediam e o aliciavam. Ele se culpava por ter ficado bloqueado na imensa prisão humana. O calor sufocante da manhã piorava o aborrecimento. Ele tinha esquecido que era quinta-feira e que quinta-feira era dia de feira em Kalep, a feira semanal mais popular de toda a província. Era uma oportunidade para todos os comerciantes do Bandiani fazerem florescer seus negócios, para os diúlas oferecerem suas mercadorias e alimentos, os camponeses, suas produções, os pastores, seu gado, e os pescadores, o fruto de suas expedições cada vez mais distantes no Atlântico. Todos eles se juntavam, sem distinção. As mesas de legumes ou frutas ficavam perto daquelas de peixe ou carne; as barracas de doces ou milheto quase tocavam o chão, entre as volutas de poeira; e ao redor de tudo isso, como um recinto de animais com o gado humano, rebanhos mistos de vacas, cabras, ovelhas e camelos se confraternizavam. Tudo isso enchia a praça que, no entanto, era grande.

De tempos em tempos, extenuado, Idrissa usava a campainha da bicicleta, gesto que ele sabia ser inútil e irrisório, até mesmo absurdo e ridículo, em meio aos gritos, às conversas, às negociatas, aos escândalos e furtos, aos ensurdecedores zurros, mugidos e balidos e às imensas ruminações. Kalep, na quinta-feira, se transformava num *souk* gigante, um vórtice que ingeria todas as atividades particulares realizadas perto de sua goela escancarada.

Idrissa não sabia muito o que pensar das surreais atmosferas da feira; elas lhe davam a impressão de que os habitantes de Kalep gostavam da situação em que viviam. Vários deles haviam participado de execuções, mas como saber por quê? E, principalmente, como saber se essas pessoas sentiam remorso? Não tinha como saber. Os rostos não diziam nada, não ofereciam nada que fosse legível. Cada um tinha suas razões, seus medos, suas dúvidas, que ninguém conhecia. E isso era terrível para ele. O denso mistério do homem não se dissipava. Idrissa abdicou.

Olhou para o relógio e ficou irritado: já deveria havia muito tempo ter voltado para casa, e sua mãe certamente estava preocupada.

***

Ndey Joor Camara estava à soleira da porta, olhando com certa ansiedade para a rua.

— O que ele está fazendo? Cadê ele? Duas horas só para levar um recado? Espero que não tenha acontecido nada. Cadê ele? Já faz meia hora que a comida está pronta; vai esfriar e vou ter que esquentar de novo. Que pena. Um prato sempre perde um pouco de sabor quando é requentado antes de ser servido. Um prato requentado só é realmente bom no dia seguinte. Paciência, vou requentar. Cadê ele? — lamentava-se.

Ela não ouviu o barulho do carro que vinha do lado da rua

para onde não estava olhando. O som violento da buzina a assustou. Ela se virou. Dois homens com turbantes desceram da parte de trás de um jipe cinza. Um deles estava armado. Ndey Joor Camara ficou com o semblante sério. Não se moveu e observou os três indivíduos caminharem em sua direção.

— *Assalamu Aleikum*, Adjaratou — disse o menor dos dois milicianos, atarracado como uma mola pronta para ser esticada. Sua voz era rouca, brutal, desagradável.

Ndey Joor Camara não respondeu. O homem continuou:

— Por que não está coberta, Adjaratou?

Ndey Joor Camara, mecanicamente, com a inocência de uma criança culpada que se surpreendeu, com um gesto de graça infinita, tocou a cabeça como se para se convencer de que a cabeça estava realmente nua. De tão preocupada, esqueceu-se de colocar o véu, do qual, no entanto, nunca se separava, mesmo em casa. Os cabelos, bem pretos, desciam abundantes até os ombros. Fazia anos que não os cortava nem trançava, contentando-se simplesmente em penteá-los de qualquer forma antes de cobri-los com um véu que tirava apenas à noite, quando ia para a cama. Sua mão caiu e ela olhou para o homem que tinha falado com ela, sem dizer nada. Ela não parecia ter medo e até manteve uma certa serenidade no olhar.

"Mas cadê ele? Cadê o Idrissa?", pensava.

O miliciano tentou intimidá-la, mas ela pensava no filho porque o amava.

— O que está esperando para responder, mulher?! Eu fiz uma pergunta! Quer que eu bata em você, cadela? É muda?

Ele deu um passo à frente e pareceu ainda mais com um sapo-cururu preparando os músculos antes de saltar. O outro, que tinha cruzado a arma pendurada no ombro, não se mexeu, olhando com desinteresse para a cena.

— Cadê o seu véu, puta velha? Não tem vergonha, na sua idade, de sair com a cabeça descoberta? Que exemplo quer dar às irmãs mais novas? Você, e todas como você, envergonham nossa religião e nosso Senhor! Çaga[19]!

Ele cuspiu no chão com vontade.

Ndey Joor Camara permaneceu em silêncio e não tirou os olhos do homem que a ameaçava e admoestava.

— Responda, vadia! Cadê o seu véu?! — gritava ele.

Seus olhos ficaram sanguinolentos e duas veias apareceram nas têmporas. Ao redor, crianças que brincavam na rua se agrupavam. Observavam a cena com uma curiosidade temerosa ou divertida, não se sabia. Logo, ao bando de crianças juntaram-se alguns adultos das redondezas, que os gritos do homem, estranhos e isolados, amplificados pelo silêncio repentino da rua que os berros das crianças não mais alegravam, haviam alertado. Homens e mulheres rodeavam Ndey Joor Camara e os dois milicianos. Ficaram calados, como se estivessem divididos entre o medo e a curiosidade. Essas cenas, que se tornaram frequentes na cidade, sempre despertavam no povo um pavor misturado com uma certa ânsia, e esse sentimento horrível os petrificava, os imobilizava, os impedia até de falar. Ndey Joor e os dois homens estavam, agora, praticamente no centro de um ringue.

De fora, olhavam e aguardavam.

— Isso já é provocação, vagabunda! Você vai se arrepender de ter tirado uma da minha cara!

Ele levou a mão à cintura, do lado direito, onde estava pendu-

---

[19] Puta merda.

rada uma alça de couro enrolada. A multidão ficou agitada e esboçou um movimento indistinto, que refletia hesitação. O homem armado pegou novamente o rifle e o segurou, preparando o corpo de maneira dissuasiva. Nesse momento, um terceiro homem saiu do veículo, também munido com uma arma, e se juntou ao pequeno grupo no centro do círculo. Era o motorista do jipe, que até então havia permanecido dentro do veículo.

Ndey Joor Camara continuava calada. Um leve tremor começou a sacudir seu corpo. Mas ela continuou calada, olhando para frente.

— Puta velha! Você vai pagar por isso! — ameaçou o homem armado.

A serpente de couro desenrolou os anéis da morte, ondulou no chão, levantou-se na direção do céu e girou. Rasgou o ar, e o terrível barulho carregou consigo toda a raiva do braço que a segurava. Ndey Joor Camara fechou os olhos e esperou.

— *Yaay booy*[20]!

Ela os reabriu imediatamente. Era Rokhaya, que corria até ela, em lágrimas.

— Rokhaya, não, fique aí dentro! — gritou Ndey Joor.

A criança desobedeceu e se jogou nos braços da mãe. Ndey Joor Camara a abraçou. Isso durou alguns segundos.

Em seguida, o chicote.

Uma vez.

Ela sentiu as roupas rasgarem, a carne rasgar e o sangue fluir. Caiu de joelhos sem dar um grito, Rokhaya se aninhou contra seu

---

[20] Uma expressão que poderia ser traduzida como "Mamãe querida".

peito. Ela teve tempo, antes que a lâmina a atingisse, de se virar e oferecer as costas à mordida. Proteger Rokhaya. Cobri-la.

Duas vezes.

Tinha a impressão de que a pele estava sendo arrancada. Chamas pareciam incendiar as costas. Ela cerrou os dentes e mordeu o lábio inferior, ferindo-o. O gosto acre do próprio sangue encheu a boca. Não ouvia mais nada. Nem os insultos do carrasco nem o uivo selvagem da besta que dilacerava sua carne. Ouvia somente os gritos de Rokhaya. E a abraçou com mais força. E orou.

Três vezes.

A dor a atordoava. A boca estava cheia de sangue. Ela gemeu, mas não gritou. Ficar em silêncio. Não dizer nada. Calar-se. Sentiu lágrimas escapando dos olhos. Rokhaya estava gritando.

No quarto golpe, as forças a traíram e ela caiu para a frente, com Rokhaya sob o ventre. Esmagá-la se necessário, mas protegê-la. Ela não sentia mais nada e estava prestes a desmaiar. Naquele momento, como se tivesse tido um choque de lucidez antes de afundar na inconsciência, ouviu homens gritando palavras que ela não conseguia entender e sentiu a martelada furiosa de um grande passo e o som de várias detonações. Sentiu mãos, muitas mãos, que ergueram e a carregaram, ela não sabia para onde.

— Rokhaya… Minha filha, procurem minha filha, protejam minha filha — ela gemeu.

— Mamãe, sou eu. Aguente firme, por favor.

Ndey Joor Camara, com a cabeça queimando, seminua, o busto ensanguentado, reconheceu a voz de Idrissa, depois perdeu a consciência.

14

Eles a enterraram.

Concederam-lhe o direito de ter uma sepultura e ser enterrada no cemitério muçulmano. Disseram que foi porque eu implorei e isso os tocou. É verdade que implorei como uma pedinte. Como uma cadela. Geralmente eles colocam os corpos dos acusados de adultério numa vala cavada no deserto. Eu não queria que Aïda acabasse lá, à mercê de carniceiros, com outros corpos apodrecendo ao redor. Mas exigiram que fosse à noite para que ninguém visse. Também pediram que não houvesse funeral. Bom, não pretendíamos fazer um funeral mesmo. Para quê? Quem teria ido? Todos eles estavam lá para vê-la morrer. Por que iriam ao seu funeral? Vou orar sozinha por ela e por seu filho.

Meu marido e eu a enterramos no meio da noite.

Só nós dois. Ele alugou uma carroça. Colocamos o corpo. Já estava começando a se decompor. Depois atravessamos a cidade e fomos ao cemitério. Meu marido tinha ido de madrugada com a pá. Foi ele quem cavou o túmulo. Pedi que cavasse profundamente porque o corpo de Aïda estava realmente começando a apodrecer. Ele cavou um túmulo profundo. Num canto do cemitério onde ainda não havia muitos túmulos. Nós a colocamos lá. Não pudemos comprar um caixão, não temos dinheiro para isso. Não conseguimos nem mesmo construir um. Teria demorado e o corpo teria apodrecido completamente. Comprei, há alguns anos, um grande pano de percal branco. Queria lhe dar de presente de casamento. Foi sua mortalha.

Foi muito complicado colocá-la no fundo do túmulo. O buraco era estreito, do tamanho do corpo. Não tínhamos pensado em pegar cordas. Ficamos lá por muito tempo tentando achar uma solução. Principalmente o meu marido. Eu fiquei na carroça, ao lado do cadáver. Ele ficou lá, pensando demoradamente. Em vão. Poderíamos ter aumentado o buraco para que ele pudesse descer com o corpo de nossa filha, mas não levamos a pá. Ele não tinha pensado nisso.

Tivemos que deixá-la cair no buraco. O barulho me deixou paralisada. Ainda posso ouvi-lo. Mas não gritei. Não chorei. Nada disso fazia sentido.

Recitamos uma oração aos mortos antes de fechar o buraco. Como não tínhamos pá, tivemos que usar as mãos. Demorou muito porque o buraco era profundo. De joelhos na beira da vala, eu pegava a areia e a jogava sobre o corpo. Não sei quanto tempo levou até que o corpo desaparecesse completamente, mas a certa altura não vi mais o percal branco.

Ele estava com pressa. Tremia, jogava um punhado de areia atrás do outro. Enchia bem as mãos, como se estivesse ansioso para esconder o corpo, a carne morta, a carne de sua carne. Corpo que o envergonhava. Corpo que o desonrara. Ele não disse à sua filha, antes da execução, que ela o envergonhava e merecia tudo o que estava acontecendo com ela?

Olhei para ele. Ele estava com a testa baixa, concentrado no que fazia, parecia não ter consciência da minha presença. Encher. Cobrir.

Ele, tão bonito, tão elegante, tão orgulhoso, envelheceu muitos anos em poucos dias. Virou uma reles sombra.

Fiquei, por muito tempo, olhando-o tapar a vala onde ele também achava que estava enterrando a tristeza e a desonra. Fiquei com pena. Talvez ele estivesse chorando silenciosamente. Eu não sabia, não ouvia nada, e estava um pouco escuro.

No dia em que a mataram, ele chorou. Quando pediram aos pais que se identificassem no meio da multidão, ele não queria ir, eu o arrastei.

Eu queria tentar, uma última vez, salvar a minha filha. Ele desistiu assim que decidiram condená-la. Desde esse dia ele ficou amargo e se trancou em sua dor. Não olha mais para mim. Disse que eu era um pouco responsável pelo que aconteceu com Aïda. Disse que não a eduquei bem.

  Sadobo, será que ele tem razão? Sou a mãe. Sabe? A mãe. Isso já diz tudo. Toda mãe é culpada. Toda mãe é culpada.

  Ele chorou depois dos tiros. Desde que ela morreu, mal nos falamos. Eu pegava a areia lentamente. Cada punhado de areia era um adeus. Eu também estava me enterrando. Meu marido colocou uma simples tabuleta de madeira sobre o túmulo. A primeira tempestade de areia vai levá-la para longe. "A. Gassama. 1993-2012". Só isso.

  Ontem, no meu bairro, aconteceu algo estranho. Uma vizinha, a única que veio me apoiar antes da execução e a única que apresentou as condolências, foi espancada por uma patrulha de milicianos. Bateram nela até ela desmaiar. Mas o mais incrível nessa história é o que aconteceu enquanto batiam nela. As pessoas estavam lá assistindo à cena. Como durante a execução. Não sei exatamente o que deu nelas, mas elas gritaram e começaram a gesticular. Os carrascos as ameaçaram com suas armas, mas elas continuaram gritando. Então, de repente, todas elas se jogaram sobre a mulher que estava sendo espancada. Os milicianos atiraram. Primeiro para o ar. Não adiantou nada. Depois apontaram as armas para as pessoas que iam ao socorro dela e atiraram aleatoriamente na multidão. Foi surreal. O homem que estava batendo na mulher foi desarmado e depois espancado. Muitas mãos bateram nele, o pegaram, sacudiram, arranharam, homens, mulheres e crianças juntos. Os outros dois receberam o mesmo tratamento.

  Ndey Joor Camara, essa mulher, está hospitalizada. Ela perdeu muito sangue.

  Por que estou contando essa história? Porque não entendo. Não entendo por que essas mesmas pessoas que testemunharam o assassinato *de nossos filhos decidiram ontem salvar uma mulher que estava sendo espancada. Por que impediram que batessem numa mulher e se recusaram a levantar um único dedo quando estavam matando nossos filhos? Não entendo. Não entendo. Não quero entender. Não tem o que entender. Como o povo que matou, de repente, se ergueu, se revoltou para recusar a morte?*

Aguardo sua resposta, Sadobo.

Aïssata

15

Alioune perambulava enfiado no jaleco de enfermeiro, cuja brancura parecia zombar da impureza do lugar.

A cada dia que passava, o hospital lhe parecia cada vez mais medonho. Parecia mais uma antecâmara da vida após a morte do que um lugar onde vidas deveriam ser salvas. O chão do grande corredor que percorria estava cheio de pacientes e coberto, aqui e ali, de macas nas quais jaziam deitados, dormindo, gemendo, gritando, delirando, homens feridos, leprosos ou amputados, com tocos ensanguentados. Perto deles, mulheres grávidas, crianças e homens idosos estavam estendidos, à espera de algo que se assemelhasse vagamente à morte. Um imenso depósito vivo.

Em meio a tudo isso circulavam, quando tinham coragem, jovens estagiários, reconhecidos pelo jaleco verde de mangas curtas e pelo medo lido nos rostos não iniciados. Pareciam estar prestes a desmaiar. O lugar era iluminado por um brilho desbotado filtrado por um telhado de vidro e que, supondo que vinha de um sol, provinha de um sol também doente, cujos raios perdiam a soberba dentro do hospital.

As paredes brancas recém-repintadas continham um cheiro de fechado que dava enjoo. Os vapores de éter, os aromas fortes e inebriantes dos alcoóis, as fragrâncias do mercurocromo, o fedor das feridas e as exalações dos cadáveres mal conservados do necrotério faziam do hospital de Kalep um lugar sinistramente singular. Era, em suma, um hospital como os outros, como aqueles de todo o país e, sobretudo, do Norte: um hospital aonde muitas vezes as pessoas iam apenas para morrer, com a ilusão da dignidade. Um hospital pobre, minado pela falta de pessoal qualificado e material adequado, marcado pelas instalações degradadas, escarificado pela miséria moral daqueles que lá circulavam, médicos e pacientes.

Alioune abria um caminho através da multidão de feridos, famílias dizimadas, pacientes horrorizados e desorientados. A maior parte deles era de mutilados: este não tinha uma perna, aquele uma mão, às vezes um antebraço; os mais infelizes não tinham as duas pernas. Nos últimos meses, esse tipo de paciente só aumentava: a Irmandade, quando não realizava execuções sumárias, praticava mutilações, que chamavam de "exemplares" e "dissuasivas". Mas, se realmente dissuadissem as pessoas, a quantidade não aumentaria. O hospital de Kalep estava sobrecarregado; não dispunha de meios para lidar com a grande onda de mutilados. Já não havia mais lugar nas salas de tratamento e internação; foram então usadas as instalações destinadas a materiais e serviços e, por sua vez, rapidamente lotadas; depois disso, não havia mais espaço algum: as pessoas passaram, então, a ser recebidas no corredor e, por fim, no pátio. Era lá, agora, ao ar livre, à vista dos outros, sem pudor ou qualquer uma das condições mínimas de higiene e conforto, que os cuidados eram prestados, que os curativos eram refeitos. As salas cirúrgicas passaram a receber apenas casos de extrema urgência, ou seja, moribundos. Eram prioritários. Ao conseguir estabelecer hierarquias entre as vidas humanas que estão morrendo, buscar prioridades no lote de sofrimentos, escolher, entre os homens, aquele que se tentaria salvar primeiro, o mais difícil, então, não era saber se o gesto era monstruoso ou não, porque essa questão, em tais circunstâncias, não tinha sentido, mas procurar determinar, sem trapacear e sem concessões, sua parcela de responsabilidade naquilo que conduzira a essa situação. Pouquíssimos homens, quando seus semelhantes sofrem, se perguntam o que fizeram para impedir ou favorecer esse sofrimento. Alioune odiava os compatriotas por sua tendência, diante das atuais desordens, de encarregar a História pela responsabilidade de sua condição, sem questionar por um segundo o que eles, pessoal ou coletivamente, haviam feito para favorecer o advento da referida situação. Como isso tudo começara? O que eles fizeram quando a Irmandade começara a ser aproximar? Era o que Alioune se perguntava.

Ele olhava para todos aqueles homens mutilados, que gemiam aos seus pés, e pensava que um dia, talvez, eles também tivessem aplaudido — um gesto banal, agora impossível para alguns deles — uma mutilação e que eles também, talvez, tivessem tido nas mãos uma pedra que lançaram contra uma mulher da vida ou um casal adúltero. Hoje, eles estavam lá, dolorosos, monstruosos, "quasimodescos", transformados para sempre pelos mesmos que haviam, outrora, apoiado.

Às vezes, ele cruzava um olhar, e aquele olhar se agarrava a ele, implorava-lhe, implorava-lhe para parar por ele e ajudá-lo. Estavam todos lá, jogados no corredor, esperando que alguém cuidasse deles. Estavam lá fazia horas, dias, semanas talvez. De vez em quando, um médico se agachava ao lado de um deles, munido de uma pequena sacola contendo um rudimentar material de bandagem para cobrir uma ferida que mal conseguia limpar. Às vezes, um ou alguns deles eram chamados. Os eleitos se levantavam, caminhavam, mancavam, rastejavam, capengavam ou eram transportados para uma hipotética salvação sob os olhares ciumentos daqueles que ainda esperavam no corredor. Mas o que acontecia com aqueles que partiam?

Viam-no como um médico, mas ele era apenas um enfermeiro. Evitava tanto quanto podia os olhares que se agarravam a ele como espinheiros.

Quando se preparava, finalmente, para sair do corredor, não pôde evitar um olhar e um apelo.

Uma mulher estava à sua frente, surgida do nada. Devia ter cinquenta anos e seu rosto estava marcado por um misto de cansaço e dor. Sua magreza o chocou; os braços, que se projetavam de uma blusa de alças finas desalinhadas sobre os ombros ossudos, pareciam dois velhos ramos de árvore morta. Foram esses braços que apanharam, com uma força inimaginável, a gola do jaleco de Alioune. Ele parou, surpreso. A mulher caiu imediatamente de joelhos e disse com a voz chorosa:

— Doutor, doutor... meu filho, ali...

Com seu ético dedo indicador ela apontou para uma criança que não tinha nem dez anos de idade deitada de costas entre dois outros corpos imóveis. Usava apenas uma velha cueca cor caqui e, nos pés, sandálias remendadas. A barriga nua, saliente, dava-lhe um aspecto um pouco ridículo. As pernas torcidas estavam cobertas de cicatrizes e feridas, algumas das quais ainda sangravam. Na cabeça, havia uma atadura branca manchada de sangue na altura da testa. Parecia adormecida ou desmaiada. Alioune não sabia dizer.

— Meu filho vai morrer! — disse a mulher. — Por favor, me ajude, doutor! Ele vai morrer, ele vai morrer...

— Acalme-se, senhora. Seu filho não vai morrer, tenho certeza. Prometo.

— Me ajude, doutor. Leve ele... ele foi machucado ontem

na briga, sabe, a briga... uma pedrada na cabeça. Já perdeu muito sangue. Colocaram ontem a bandagem. Mas a ferida abriu de novo, ele realmente precisa ser tratado, hospitalizado, precisa de cuidados, comida, porque eu não posso mais, doutor — ela implorou.

— Você sabe que o hospital, agora, só pode receber pouquíssimas pessoas, emergências extremas.

— E o meu filho não é uma emergência extrema?! Olhe para ele! Talvez esteja morto. Ele dormiu... tenho medo de que não acorde.

A mulher, ainda de joelhos e agarrada ao jaleco de Alioune, passou a gritar, com raiva. O jovem examinou a criança. Seus olhos ficaram embaçados e ele então olhou novamente para a mãe.

— Sinto muito, senhora, não posso fazer nada, ainda não sou médico — disse Alioune, com a cabeça baixa.

— Mas então não tem nenhum médico aqui! Quem é o médico aqui? Piedade! Tenha piedade pelo meu filho! Só tenho ele no mundo. Quem é o médico?

Diante de tanta indiferença, ela desatou a chorar.

— Senhora... — falou Alioune, calmamente.

Ela não respondeu.

— Senhora... — ele continuou.

Mas a mulher não reagia. O choro era ouvido ao longo de todo o corredor.

— Calem a boca dessa mulher, que diabo! Não aguentamos mais tanto choro o dia todo! Estamos doentes e temos pessoas doentes também. Por que o caso do seu filho seria mais importante?

— alguém ladrou, da massa.

Alioune não se virou. Não teria adiantado nada.

— Vou ver o que posso fazer, senhora...

— Não! Não, doutor! Não me diga "vou ver o que posso

fazer". Todos os seus colegas dizem isso e nunca fazem nada. Isso não quer dizer nada. Não me diga isso. Por favor, me ajude... não me deixe sozinha...

Naquela hora, a criança acordou, desorientada, e não viu a mãe: procurou-a freneticamente. Já sem forças, a mãe não conseguiu ir em sua direção. Desabou e voltou a gemer baixinho. A criança reconheceu seus gemidos e foi imediatamente até ela. À sua frente, ergueu os olhos para Alioune, com um olhar estranho, quase ameaçador, e depois se inclinou para a mãe, que estava chorando.

— Mamãe, mamãe, estou acordado, acorde também. Está doendo. Mamãe!

Ouvindo essas palavras, Alioune se afastou sem dizer uma palavra e seguiu seu caminho. Ele tinha acabado de decidir cuidar pessoalmente da mãe e do filho. Teoricamente, ele não tinha nem as prerrogativas nem a competência, mas será que isso ainda fazia sentido, dadas as circunstâncias? A questão, agora, era ajudar as pessoas da melhor forma que podia. Aos dezenove anos, Alioune era obrigado a ter cinquenta.

No entanto, antes de voltar para ver a mulher e seu filho, decidiu ir ver o amigo Malamine. Foi até o bloco de internação dos feridos graves, onde o médico estava encerrado havia quase dois dias.

16

Fazia quatro horas que Malamine, sentado e imóvel ao lado da cama, observava a esposa dormir. Ndey Joor finalmente conseguira adormecer ao amanhecer, depois de uma noite em que, com febre e sob a influência dos vários calmantes e anestésicos que ele lhe administrara para tratar as feridas, ela delirara, gritara, tivera pesadelos.

Apesar da exaustão devido a dois dias inteiros de vigília e operações de todos os tipos, a angústia de Malamine era tão grande, a tristeza tão profunda, os nervos estavam tão tensos que ele não conseguia pegar no sono.

Fora aproximadamente na mesma hora do dia anterior, por volta das duas da tarde, que o avisaram. Ele estava operando um homem cuja ferida, após uma amputação, tinha infectado e ameaçava provocar septicemia no infeliz. Apesar do cansaço que embaralhava os pensamentos, ele ainda se lembrava: Madjigueen Ngoné tinha entrado como uma fera no bloco onde ele estava operando, obrigando-o a suspender o trabalho e a olhar para ela, pela primeira vez desde que a conhecia, com raiva. As poucas palavras que trocaram naquele momento ainda ecoavam claramente em sua mente:

— Madjigueen? O que foi? — perguntara ele.

— Desculpe, Malamine, não queria interromper, mas não tem jeito. É uma emergência.

— Só temos emergências, você sabe...

— Malamine, eu nunca teria entrado aqui se não fosse por causa de uma grande emergência — respondera Madjigueen Ngoné, com o tom grave. — Tem uma mulher no corredor. Inconsciente. O rapaz que está com ela me disse que é seu filho e que a mulher toda machucada é a mãe dele, sua esposa. Ela foi espancada pelos milicianos e está perdendo muito sangue. Você tem que vir.

Então a jovem saíra da sala. Malamine ficara alguns segundos totalmente ausente. Parecia não ter entendido o que Madjigueen acabara de lhe dizer. Ele permanecera assim, paralisado, sem dizer nada, com a boca aberta, os braços pendurados. Subitamente, como sob o efeito de um eletrochoque, acordara de sua pequena morte, largara o bisturi que estava segurando na mão direita e se virara para os quatro homens que o ajudavam.

— Continue, senhor Diakité — dissera a um deles. — Confio em você, vai conseguir sem mim. Você já me viu fazer isso centenas de vezes — falara calmamente e saíra.

Ndey Joor ficou agitada enquanto dormia; pareceu murmurar alguma coisa, depois se acalmou. Malamine pegou o leque que estava na mesinha de cabeceira, perto da cama, e afugentou as poucas moscas que as feridas de Ndey Joor Camara, expostas ao ar, atraíam. Não conseguiu enfaixá-las, eram muitas, muito profundas, e temia que um curativo, com o calor que fazia, as infectasse e agravasse ainda mais. Enquanto abanava o corpo da esposa, não teve coragem de olhar as costas dilaceradas. Não, não teve coragem. Olhou para o rosto finalmente aliviado.

Pousou o leque.

Ele ainda via o corpo inanimado de Ndey Joor Camara estendido entre os outros doentes e feridos. Parecia um trapo vulgar embebido de sangue.

E suas costas...

Esfoladas. Cortadas. Sangrando. Quatro lacerações profundas, misturadas, cruzadas, emaranhadas em seu horror, cobertas de listras, das omoplatas à parte inferior das costas, a pele outrora de um negro puro, agora ensanguentada. No início, não soubera o que fazer: suas mãos tremiam, penduradas sobre as costas que não passavam de uma grande fenda, sem ousar tocá-las, sem saber como tocá-las. Lágrimas involuntárias escorreram em suas bochechas. Lançara um olhar de súplica para as pessoas ao redor, que não reconhecera. Só queria ajuda, fosse qual fosse. À sua volta, os doentes não se mexiam. Sem esboçar muita emoção, olhavam-no chorar. Depois, pouco a pouco, ele reconhecera uns rostos. Vira Alioune, ajoelhado à sua frente, do outro lado do corpo da esposa, que lhe dissera algo que ele não tinha entendido no início. Vira Madjigueen Ngoné, ao seu lado, preparando uma maca. Depois, a poucos metros do grupo, vira os dois filhos. Idrissa impedia Rokhaya, em lágrimas, de se aproximar. Ele olhara para eles e vira em seus olhos o mesmo medo e a mesma incompreensão que o atormentavam. Cruzara com o olhar de Idrissa, abatido e aterrorizado, mas também cheio de raiva. Raiva dele. Ele ficara com vontade de abraçá-los, reconfortá-los, pedir perdão, mas a esposa estava perdendo sangue e ele tinha que salvá-la. Afastara-se dos filhos e, finalmente, ouvindo o jovem Alioune, o ajudara, juntamente a dois enfermeiros que correram até eles, a levantar o corpo e a colocá-lo na maca de barriga para baixo. Vira os dois homens novamente, acompanhados por Alioune, levantarem a maca e se dirigirem à Unidade de Terapia Intensiva. Vira novamente, desarticulado e sem vida, o braço da esposa pendendo da maca. Então correra até os filhos e lhes perguntara, chorando, se estavam bem. Rokhaya tinha uma pequena ferida na mão e continuava a gritar.

— Salve a mamãe — Idrissa respondera simplesmente. — Eu cuido da Rokhy.

Ele não respondera nada, mas, antes de sair, pedira a Madjigueen Ngoné que cuidasse deles.

Em seguida, sem se virar, correra para salvar Ndey Joor Camara.

Alguém batia à porta.

— Entre — disse ele.

Alioune apareceu com um pequeno pacote na mão.

— Ah, é você...

— Como ela está?

— Estável. Dormiu ao amanhecer. Delirou a noite toda apesar de tudo o que lhe dei. Chorou, gritou o nome da nossa filha Rokha e continuou dizendo "não". Tentei falar com ela, mas ela não me ouvia. Tudo o que dizia parecia ser um tipo de delírio febril. Não abriu os olhos. Ainda bem que se acalmou.

Malamine havia dito tudo isso com a voz fraca e cansada. Alioune sabia que fazia dois dias que ele não pregava os olhos.

— Você está exausto, Malamine. Deixe que eu fique um pouco.

— Obrigado. Mas quero cuidar dela. Quero estar aqui quando ela abrir os olhos.

— Como preferir, eu entendo.

Ndey Joor Camara estava deitada de bruços, com as costas expostas ao ar. Alioune olhou para os buracos profundos que o chicote tinha feito naquela carne e entendeu, dada a profundidade e a largura, a brutalidade do ato.

— Eu trouxe uma coisa para você comer — retomou Alioune. — Tenho certeza de que isso nem passou pela sua cabeça desde ontem. Tome.

— Obrigado, deixe aqui — respondeu Malamine. — Não estou com fome, mas a Ndey Joor vai estar quando acordar. Vou dar para ela.

O jovem enfermeiro compreendeu e achou inútil dizer algo. Estava prestes a sair quando Malamine, sem olhar para ele, o chamou.

— Sim? — perguntou Alioune.

— Muito obrigado.

— De nada.

Os dois ficaram em silêncio por alguns instantes.

— Malamine, eu queria dizer que... — retomou Alioune.

Ele se calou novamente, como se tivesse perdido as palavras ou estivesse procurando a melhor maneira de fazê-las sair. Malamine permaneceu na mesma posição, sem olhar para ele.

— Eu queria dizer — continuou Alioune — que você não é responsável por isso. Você não precisa se sentir culpado pelo que aconteceu. Sei que é fácil para mim, da minha posição confortável, dar lições, mas sei que tendemos a nos sentir culpados quando algo de ruim acontece ao nosso redor. Então, eu queria dizer que... por favor. Você estava fazendo seu trabalho, e... bem...

Alioune se calou novamente, incapaz de terminar. Ele gostaria de ter dito isso de maneira mais gentil, mais delicada, com mais empatia.

— Alioune, não me sinto nem responsável nem culpado. Me sinto impotente. É pior. De que adianta lutar?

— Malamine, você não tem o direito...

— Não tenho o direito? Não tenho o direito? — Malamine se levantou, derrubando a cadeira em que estava sentado; estava gritando. — Você está dizendo que eu não tenho o direito? Olhe para a minha esposa! Olhe! — Com um gesto brusco e sem olhar, apontou o dedo indicador para o corpo de Ndey Joor. — Olhe para as costas dela e me diga, ouse me dizer de novo, me olhando nos olhos, que não tenho o direito de me sentir impotente! Quem tem esse direito?! Quem, mais do que eu?! Todos vocês falam como livros, você, Déthié e os outros...

— Malamine, você...

— Silêncio! Calado! Não adianta! Entende? Não adianta. Não sei o que me levou a acreditar por um momento que poderíamos vencer tanta loucura... Não aprendi nada com as lições que essas pessoas me deram no passado. Não podemos fazer nada contra tudo isso! Nada!

Ele berrava de raiva, sem perceber. Na cama, Ndey Joor Camara, incomodada com o barulho, se mexeu. Ela queria se virar para se deitar sobre as costas feridas, mas Malamine, em pânico, a impediu e a colocou de bruços.

O silêncio voltou ao pequeno quarto. Malamine ofegava. Ele ficou de pé, com a cabeça baixada na direção da esposa, que havia reencontrado um sono tranquilo. Talvez ele estivesse chorando silenciosamente.

— Vou pegar outro prato para você — disse Alioune, calmamente. — Você precisa comer. Guarde isso para a sua esposa se quiser, mas você tem que comer. Já volto.

Alioune abriu a porta.

— Alioune, eu...

— Não estou bravo com você.

Então saiu. Pareceu-lhe, enquanto se afastava, ter ouvido Malamine irromper em lágrimas.

17

Tomado pelo cansaço, Malamine finalmente adormeceu. Depois da súbita explosão de raiva, a depressão foi tão brutal que ele caiu num sono profundo imediatamente depois de comer a comida da cesta que Alioune lhe deixara. Quando reabriu os olhos e conseguiu sair do momento de semiausência posterior ao sono profundo, a esposa estava olhando para ele. Embora começasse a escurecer, ele ainda conseguia, graças a um raio crepuscular que varria o quarto, distinguir claramente as coisas. Ndey Joor Camara olhava fixamente para ele. Ela estava sorrindo.

— Você continua lindo quando está dormindo, Malamine. Faz uma hora que estou olhando para você. Você parece tão cansado. Você falou dormindo.

— Ndey Joor, como... — balbuciou Malamine.

Foi tudo o que pôde dizer. Ele tinha um nó na garganta, ou porque tinha sido tomado pela emoção ou porque suas ideias ainda não estavam claras o bastante para que ele produzisse um discurso sensato.

— Estou bem, estou me sentindo melhor — disse Ndey Joor Camara. — Acho que dormi por muito tempo. Malamine...

Sua voz estava preocupada.

— Sim, Ndey Joor...

— E a Rokhaya, como ela está? Onde ela está? O que aconteceu com ela? E o Idrissa? Foi a voz dele que ouvi pela última vez, antes de...

— Não fale muito, Ndey Joor, as crianças estão bem. A Rokhaya só tem um cortezinho na mão. O Idrissa está bem. Foi ele quem trouxe você. Eles estão com uma colega. Estão na casa dela agora.

— Eles comeram? Por que você não ficou com eles? Eles precisam de você e...

Ele a interrompeu.

— Você também precisava de mim. Eu não podia deixar você. Nossos filhos estão em boas mãos.

A voz segura e grave acalmou Ndey Joor Camara. Ela fechou brevemente os olhos, como se fosse voltar a dormir.

— Como você está, Malamine? — perguntou, depois de reabri-los. — Fazia dois dias que eu não via você. Você deve estar morto de cansaço.

— Estou acostumado, como sempre. Mas e você, Ndey Joor, como você está? Eu tive tanto medo...

— Estou me sentindo um pouco pesada e não consigo me mexer direito. Mas estou bem, não estou sentindo mais nenhuma dor específica, só uns comichões onde a pele foi arrancada...

Ela fez uma pausa, como se tentasse se lembrar do que havia acontecido. Malamine não disse nada.

— Não deve ser bonito de se ver — acrescentou ela.

— Ndey Joor, me desculpe... eu tinha que estar lá. Me desculpe... eu...

— Malamine, olhe para mim — ela o cortou.

Ele levantou a cabeça e ela viu lágrimas em seus olhos.

— Escute bem o que vou dizer, Malamine — continuou lentamente Ndey Joor Camara. — Escute bem de uma vez por todas.

Ela então lhe disse coisas bonitas sobre o sentimento de culpa dele, que ela considerava absurdo, e lembrou que o admirava pelo que ele era e pelo que fazia. Malamine tentou interrompê-la, mas o que ela lhe dizia era tão comovente que, embora um sentimento de culpa o atormentasse, ele não podia deixar de escutar. De repente, ele entendeu que precisava, como todo mundo, ser reconfortado, que lhe dissessem que ele não tinha culpa. Sentiu uma certa decepção por ter uma necessidade tão banal, mas Ndey Joor continuou falando com ele e isso o acalmou. Ela lhe disse que estava orgulhosa de ter dito não daquele jeito, sem negar os valores que compartilhava com ele, e que, se tivesse de fazer de novo, faria exatamente a mesma coisa, porque ele, por sua vez, estava se arriscando. Ela lhe disse, por fim, que o amava de todo o coração.

Quando se calou, o quarto mergulhou numa tranquila penumbra, em que os contornos dos objetos foram vagamente delineados e desenhados com um certo mistério. Um a um, os clamores do dia desapareciam.

Ndey Joor parecia ter dificuldade para recuperar o fôlego depois de ter falado. Malamine, que não a via mais, ouviu sua respiração rápida. Um sentimento de vergonha o invadiu. Ele acendeu o abajur da mesa de cabeceira e uma luz amarela suave iluminou o quarto. Procurou a esposa com os olhos, mas ela tinha se virado.

— Me contaram o que aconteceu ontem. Você foi incrível — ele acabou dizendo.

Ela se virou para ele. Com o rosto banhado em lágrimas, mas sorrindo. Estendeu-lhe a mão. Ele a pegou. E eles ficaram assim durante longos minutos.

— O que aconteceu ontem, depois que desmaiei?

Sem omitir detalhes, ele contou os eventos do dia anterior, dos quais ele mesmo havia se dado conta apenas algumas horas antes, quando Alioune tinha voltado com a comida. Quando terminou, Ndey Joor suspirou e sentiu uma pitada de amargura brotar.

— Então foram as pessoas que estavam lá que intercederam. Espero que elas não recebam retaliações por minha causa, nem você e as crianças. Espero de verdade. Essa gente é tão louca, tão louca! E capaz de tudo. De tudo. Eu não gostaria que eles me levassem de novo... Não depois... — Tomada de uma emoção repentina, sua voz se quebrou.

— Não é hora de falar disso, Ndey Joor. Você precisa descansar. É do que você mais precisa. Enquanto estiver aqui, vou cuidar de você e das crianças.

Pela primeira vez em muito tempo, Malamine sorriu.

18

Desculpe por não ter escrito antes.
Não fui capaz. Fisicamente capaz.
Fui espancada, meu marido me bateu. Normalmente, não demoro tanto para me recuperar, porque aprendi um truque, que é gritar até acalmar a fúria dele. Tem até dias em que ele para de me bater depois de só alguns socos, achando que estou prestes a desmaiar. Já faz vinte e cinco anos que aguento isso. Normalmente me recupero. Mas, dessa vez, ele me bateu com força, por muito tempo. Gritos, súplicas, lágrimas, nada fez ele parar. Ele me bateu, me bateu, me bateu de novo e de novo. Fui espancada até cair, de tanto soco, tanto tapa, tanto murro, não consegui me mexer, quase morri. Quebrei um braço quando caí, meu olho direito está inchado e perdi dois dentes. O corpo todo dói: qualquer movimento é um martírio. Você talvez tenha notado que a minha caligrafia está diferente daquela da primeira carta: meu braço está engessado, é a filha de uma das minhas vizinhas que está escrevendo para mim. Como não quero abusar de sua gentileza, vou ser breve. Quando me sentir melhor volto a escrever, prometo.
Ele bateu forte, como se não me reconhecesse mais, como se estivesse bêbado, Aïssata. Como se estivesse bêbado...
Me bateu porque me opus a ele. Porque o enfrentei. Porque disse não. Quanto ao nosso filho, ele me disse que seu corpo seria jogado no deserto, na vala onde empilham os condenados à morte: assassinos, tiaga[21], homens e

---

[21] Prostitutas.

mulheres adúlteros. Não aceitei isso porque meu filho não é um cachorro. Eu queria que ele tivesse um túmulo, como sua filha, aonde eu pudesse ir e chorar. Mas meu marido se recusou. Ele disse que Lamine era um cachorro, um filho da puta que merecia exatamente o que aconteceu com ele e que iria queimar no fogo do inferno. Eu me recusei a aceitar que o jogassem no deserto, juro que recusei, com todas as minhas forças. Ele me mandou calar a boca, não me calei, ele me bateu.

Enquanto eu estava quase inconsciente, e minhas vizinhas cuidavam de mim, ele foi embora sem dizer uma única palavra, sem nem olhar para mim. Disseram que ele tinha ido acompanhar o carro que levou nosso filho à vala comum... ele não terá um túmulo. Não terei nenhum túmulo para lhe prestar homenagens e aonde ir chorar. Nenhuma tabuleta com o seu nome. Ele desapareceu. Quem se lembrará dele daqui a dez anos? Quem se lembrará de Lamine Kanté? Sem um túmulo, ele está condenado ao esquecimento... meu coração será seu túmulo, minhas lembranças, seu caixão, minha alma, seu cemitério. Mas, quando eu morrer, quando me juntar a ele, quem ainda se lembrará de Lamine Kanté? Quem dirá que ele amou sua filha? Quem se lembrará de que ele tinha vinte anos? Quem? Sem túmulo, ele morre duas vezes, Aïssata.

Pensei muito na história que você me contou, a história daquela mulher que foi açoitada em plena rua. Tenho a impressão de que somos parecidas: ela também foi espancada por dizer não.

A reação do povo, Aïssata, não sei como explicar, mas tenho um conselho a dar: não busque as causas da morte de nossos filhos. Existe apenas uma, e você sabe qual é: a loucura. É a única verdadeira razão. Mas é melhor não se envolver nisso, Aïssata. Deixe a dor fazer você superar tudo isso. Você não pode reconstruir a história. Sofra, sofra. Mas sofra como uma rainha. Sofra como uma mãe. Abstraia-se do mundo. Você está sozinha, ninguém a entende, não procura entendê-la, não consegue entendê-la. Desabe sozinha.

Destrua-se sozinha. Não olhe para o mundo, ele não a entende e você não pode entendê-lo.

Paro a carta por aqui e libero minha secretária de um dia. Voltarei a escrever em breve, prometo. Sinto sua falta.

Sadobo

19

Sozinho na parte de trás da picape que se dirigia lentamente ao hospital, Abdel Karim, impassível, observava a paisagem árida de Kalep desfilar. Orgulhoso do que tinham conseguido fazer com a cidade.

Quando a tomaram, havia quatro anos, ela estava suja, impura, possuída pelo Diabo, abandonada por Deus. Era uma dessas cidades que, em nome da modernidade, estava afundando na mais horrível das luxúrias. Seu coração estremeceu de novo ao se lembrar do espetáculo que encontraram quando chegaram: as mulheres vestidas de maneira indecente, como as ocidentais, as cabeças nuas, os seios quase descobertos, os ombros despidos, a barriga de fora, deixando à vista o umbigo e o esboço demoníaco das costelas, as nádegas moldadas, presas em jeans obviamente muito justos; todos os lugares de devassidão desviando os muçulmanos do Caminho do Senhor: restaurantes, bares, boates, os quase prostíbulos mal disfarçados aonde a juventude de Kalep, enorme massa pecaminosa, ia se perder, se acanalhar e provar a condenação divina; todas as armas que o Demônio usava para manter em suas garras infernais aquele povo perdido dado aos prazeres materiais de uma vida infame: os cibercafés onde todas essas pessoas caíam na condenação através de uma tela, os salões de cabeleireiro onde as mulheres cortavam os cabelos ou os tingiam para provocar mais os homens; e, por fim, as práticas cotidianas dos habitantes, que o islã reprovava: música, dança, iconografia. Tiveram de enfrentar tudo isso; tornaram-se pastores de um rebanho perdido de almas condenadas, que deviam ser levadas aos prados abençoados onde já pastavam os cordeiros escolhidos pelo Senhor. Isso lhes tomou quatro anos, quatro longos anos durante os quais inicialmente enfrentaram a hostilidade e a desconfiança do povo. Isso não o preocupou: a única arma do Diabo são suas trevas enganosas, em que mergulha aqueles que sucumbem a ele; combatê-lo era espalhar incansavelmente a luz de Deus no coração obscuro desses Homens.

Essa era a missão deles. Fizeram dela um sacerdócio. Persistiram e lutaram contra Satanás. O povo, depois de um tempo, entendeu que a Irmandade agia em busca de sua salvação. A hostilidade se dissipou gradualmente. O medo a substituiu. Deus voltou a Kalep.

E foi ele, Abdel Karim, que contribuiu muito para trazê-Lo de volta.

Pensando nisso, sorriu. Não era, no entanto, um sorriso de satisfação e de beata autoglorificação; mas um desses sorrisos humildes, que involuntariamente chegam aos lábios de certos seres. Aqueles a quem a consideração e o cumprimento de uma ideia maior do que eles mesmos proporcionam uma felicidade que não encontram em nenhum outro lugar.

Isso porque Abdel Karim era governado pela ideia do Dever.

Fala-se, em francês, de um *"homme de devoir"*, um homem de dever, ou honrado, e de um *"sens élevé du devoir"*, um forte senso de dever. Por mais belas e poderosas que sejam, essas expressões quase não se aplicavam, na realidade, ao nosso homem; embora fossem lisonjeiras ao homem comum, teriam manchado o brilho deste homem, que era tudo, menos comum. Abdel Karim não era um homem de dever: era o Dever, sua própria encarnação; ele não *tinha* um Dever, ele *era* o Dever, em carne e osso. Dois verbos aplicavam-se à tirania absoluta de sua ideia de dever: servir e punir. Todas as suas ações, todos os seus pensamentos, enfim, toda a sua vida se desenvolvia somente voltada à tensão entre estes dois imperativos: o Serviço e a Punição.

Servir a quê? À religião e àqueles que lhe servem.
Punir quem? Aqueles que não servem à religião ou a denigrem.
Em nome de quê? Do Dever.
A quem? A Deus.

Era assim que esse homem pensava. No entanto, um julgamento muito apressado pode, à primeira vista, levar a uma análise muito simples, até mesmo simplista. Por trás dessas premissas lapidares e radicais havia, na realidade, uma natureza mais complexa, um pensamento mais agudo, uma personalidade mais difícil de definir. Abdel Karim Konaté não era um desses doutrinários cuja lógica morosa, limitada, iguala-se apenas à exaltação imbecil com a qual a reivindicam. Não era um desses fanáticos muçulmanos medíocres cujo único argumento era imparcial, arbitrário, autoritário, fundado numa interpretação literal do Alcorão, desprovida de uma verdadeira reflexão teológica e filosófica. Ele não tinha escolhido servir à Lei fundamental por mimetismo ou porque havia sido obrigado a fazê-lo. Tinha escolhido porque tinha refletido, cuidadosamente, profundamente, demoradamente, e porque, a partir da meditação, chegou à verdade evidente: a Lei fundamental é a única que corresponde não apenas à letra do Alcorão, mas também ao seu espírito.

Ele já havia se juntado às fileiras da Irmandade. Seu pai morrera servindo-a. Sua mãe, abalada de desgosto, não conseguira sobreviver e morrera nos braços do filho alguns meses depois. Filho único, não quisera ir morar com um tio, como lhe fora proposto. Parara os estudos teológicos e integrara a Irmandade na época que ela se escondia no deserto, em estado embrionário, e estava preparando a grande cruzada, a mesma que, depois de todos esses anos e muitas lutas, lhe permitiu penetrar o Sumal e tomar Kalep e, em seguida, o Bandiani. Abdel Karim se engajara pelas mesmas razões que o levaram a estudar teologia: entender realmente o que significava ser muçulmano. A teologia lhe ensinara em poucos anos a teoria. A Irmandade se encarregaria da prática. Foi no que pensara, e então se engajara. Tinha dezoito anos. Agora, trinta e sete. Ao longo desse tempo, devido à calma, à dedicação inabalável, à coragem, ao profundo conhecimento do texto religioso, à fidelidade, à exemplaridade no combate, bem como ao serviço a Deus, ele ascendera rapidamente e logo se vira tenente, capitão e, finalmente, chefe da polícia islâmica, havia cinco anos.

    Esse homem era a encarnação do fanatismo no que ele tinha de mais perigoso: era um fanático inteligente, se for possível fazer tal associação de termos, um fanático capaz de amparar o que diz com argumentos claros e, como todos os verdadeiros fanáticos, inabalável em suas convicções. Os fanáticos exaltados são aqueles que menos se deve temer: sua própria tolice, da qual não são conscientes, basta para condená-los; ela os reduz à dimensão triste e trágica dos pobres histriões. Mas os fanáticos frios, cuja exaltação louca se traduz apenas por meio da calma pavorosa e da precisão clínica que eles colocam em todos os seus gestos, esses são os homens que tanto a razão quanto o coração devem temer. O verdadeiro fanatismo encontra sua expressão mais completa e perigosa nas elites que o encarnam: nos homens que foram educados, em parte, na escola ocidental, que dominam sua retórica, conhecem suas sutilezas, possuem sua linguagem e a usam com habilidade.

Abdel Karim era um deles.

Ele tinha lido o Alcorão, o estudado; nele havia encontrado o cadinho fundamental de onde surgira essa religião. Não acreditava na existência de vários islãs, o que lhe parecia, inclusive, um terrível sacrilégio. Não existia apenas um Deus? Não lhe fora ensinada a unicidade de seu Senhor? O que poderia significar a existência de dois islãs, senão a negação dessa unicidade? Quando ainda não tinha se engajado nas fileiras da Irmandade, observara os dois islãs de que tinha ouvido falar, e que eram diferenciados por epítetos muito curiosos. O islã radical e o islã moderado. Na época, achara que um dos dois islãs era necessariamente falso, necessariamente uma adaptação da ideia de Deus com a Palavra do Alcorão, uma maneira de justificar convenientemente certas licenças diante dos preceitos divinos. Ele sabia que um dos dois supostos islãs era falso. Mas, no início, não sabia qual. Então havia esperado. Observado. Refletido. Com o tempo, vira que o islã moderado era extraordinariamente silencioso e não fundamentava a vassalagem e a confiança em nenhum ato, como se fosse suficiente dizer que acreditava em Deus para fazer disso uma profissão de fé. Ele vira que o islã radical tinha dado origem ao islã moderado, que este existia e se definia como tal apenas em contraste com aquele. Vira que o islã moderado não era nada mais do que uma tentativa desajeitada de legitimar o que não podia ser legitimado: a interpretação fantasiosa, fácil, adaptada do Alcorão para alinhá-lo com outros pontos de vista, essencialmente incompatível com a Palavra do Livro. Vira, finalmente, que o islã radical fundamentava sua argumentação em atos. Às vezes violentos, é claro. Às vezes bruscos, é claro. Às vezes sangrentos, é claro. Mas realizados em nome do Senhor, sempre realizados em Seu nome, com Sua bênção, diante de Seus olhos.

Foi assim que se engajou.

Não se arrependia. Hoje, quase vinte anos depois dessa escolha, o islã radical estava crescendo. Audível, visível, sem concessões, se expandia. O islã que ele havia escolhido estava ganhando a batalha e ocupava o campo. Do outro lado, o outro islã, atrapalhado em suas contradições, balbuciava, incapaz de ter um pensamento claro, de escolher um caminho diante dessa alternativa profana: decepcionar Deus ou decepcionar o Ocidente; incapaz de ter um pensamento consistente capaz de interpretar de maneira coerente o que exatamente era essa religião. Ele sempre ria quando, numa estação de rádio subordinada aos ocidentais, escutava o desenrolar da ideia de um islã secular, tolerante e democrático. Esse islã, que tinha sido construído, alterado, instrumentalizado, que era obrigado a dizer coisas ímpias para ter o direito à cidadania, dava-lhe um ódio infinito. O islã que tenta se abrir inevitavelmente falha, e aquele chamado de islã moderado era nada menos do que um pálido reflexo desse fracasso. O islã, para ele, não admitia nenhum transplante, pois, se o fizesse, poderia apodrecer por dentro. A incapacidade de o islã moderado afirmar um pensamento claro provava que ele estava certo, e consagrava o islã radical, o único, como o verdadeiro Islã. Abdel Karim estava convencido de que o islã radical logo ganharia, dadas as indecisões do islã que alegava ser moderado, e cujos adeptos eram muçulmanos que sua própria religião assustava, o que era, a seu ver, o pior dos defeitos, o pior dos desvios no que dizia respeito a Deus. Ele estava convencido de que dentro em pouco a Irmandade, bem como todos os movimentos radicais, fariam com que muçulmanos de todo o mundo aderissem à sua causa. Valeria a pena toda essa perseverança.

Kalep era um bastião estratégico insubstituível na luta da Irmandade contra o exército do Sumal. Ocupá-la era controlar não apenas o Norte, cuja riqueza, recursos e forte fluxo turístico forneciam quase metade da renda nacional ao país, mas também controlar a fronteira norte, a estrada do deserto, e assim facilitar o abastecimento das tropas, seu treinamento e seu enriquecimento. Abdel Karim estava feliz por terem tomado a cidade. Mesmo que ele tivesse de perecer, não poderiam abandoná-la ao inimigo. Enquanto estivesse vivo, Kalep não seria abandonada ao inimigo. Era o juramento que tinha feito diante de Deus e, depois, de El Hadj Majidh, um dos grandes cádis da Irmandade, responsável pelas tropas da organização presentes nessa parte do país. Ele tinha erguido, moldado, reconstruído a cidade. Tinha lhe dado um novo rosto, verdadeiro, respeitável e honrado. Essa guarnição era sua.

A picape começou a reduzir a velocidade. Abdel Karim emergiu de seus pensamentos e prestou mais atenção ao que acontecia do lado de fora. Estavam chegando ao hospital.

***

Alioune e Malamine se levantaram, com o ar preocupado, afrontando sem piscar o olhar que o gigante, que acabara de entrar no quarto, lançava ora a um, ora a outro. Ndey Joor Camara, vestida com uma blusa leve através da qual podia-se adivinhar suas ataduras e com um véu preto que cobria a cabeça, estava sentada na cama. Seu rosto refletia uma serenidade que contrastava com a seriedade quase hostil dos três homens que estavam com ela.

Abdel Karim não tinha avisado que lhe faria uma visita. Malamine e Alioune ficaram surpresos quando a porta do quarto se abriu e revelou a estatura maciça do chefe da polícia islâmica de Kalep. Assim que ele entrou, os dois homens, que imediatamente o reconheceram, levantaram-se abruptamente e olharam para ele sem dizer nada.

Abdel Karim sentiu na hora que os dois, apesar da atitude reservada, não gostavam dele. Mas como ele não estava lá para confrontá-los, superou essa animosidade, silenciosa, mas perceptível. Olhou rapidamente para a mulher que estava na cama. Era ela que ele queria ver. Tinha um rosto bonito, com feições finas, e uma tez negra de imensa pureza. Por uma fração de segundo, ficou confuso — será que ela percebeu? — diante da serenidade que ela emanava; ao contrário dos dois homens, não parecia nada surpresa, e sua expressão transmitia apenas calma. Ele decidiu, alguns segundos depois, quebrar o silêncio.

— *Assalamu Aleikum*. Sou o Capitão Abdel Karim Konaté, chefe da polícia de Kalep. É aqui que está internada Adjaratou Ndey Joor Camara?

— Sim, é aqui — respondeu Malamine. — A que devemos a honra de sua visita, capitão? Algum problema?

— Posso saber quem é você, El Hadj?

— Doutor Malamine Camara. Sou o marido desta mulher. E este é Alioune Diop, o enfermeiro.

Malamine foi categórico com Abdel Karim; continuou olhando para o interlocutor, que também o encarava intensamente, como se tentasse desestabilizá-lo. Os dois homens entraram no jogo.

— É você que cuida de sua esposa, doutor Camara?

— Sim, capitão.

— Como ela está?

— As feridas estão cicatrizando devagar, mas ela ainda tem

que ficar aqui por uns dias. Seus homens fizeram cortes profundos, vai levar muito tempo para fechar.

Ele insistiu em "seus homens". Nessa hora, Alioune tirou os olhos de Malamine e os direcionou ao capitão. Este nem piscou. Alioune não sabia se devia ficar alegre ou assustado. Já Malamine penava para esconder a animosidade. Tinha o semblante sério, carregado, e o lábio inferior estremecia ligeiramente, o que, Alioune adivinhara, significava que ele estava num estado de extremo nervosismo.

— Daqui a quanto tempo você acha que ela vai poder sair, doutor?

— Não faço a menor ideia. Ela precisa de descanso físico e mental. Foi uma provação difícil. Mas você ainda não disse por que está aqui, capitão. O que você quer com a minha esposa?

— Me desculpar em nome da Irmandade. Com ela e com você, já que está aqui. Me contaram o que aconteceu. Do ponto de vista da xariá, meus homens — Alioune notou uma ligeira mudança de tom quando o homem pronunciou as duas últimas palavras — não tinham direito algum de açoitar essa mulher. Eles só deveriam ter pedido que ela se cobrisse. Mas não deveriam, de forma alguma, ter levantado a mão para bater nela. Não está escrito em nenhum lugar no Alcorão. É um incidente infeliz, que todos nós lamentamos. É por isso que vim: para lhe apresentar minhas desculpas. As desculpas oficiais da Irmandade. E as minhas.

— Obrigado, capitão — respondeu Malamine. — Mais alguma coisa?

— Sim, doutor.

— Pois não?

O gigante parou de encarar Malamine e olhou para Ndey Joor Camara. Ela não se mexera desde que ele entrara e seu rosto permanecia igualmente inalterado. Ele olhou para ela por muito tempo, sem dizer nada.

— Capitão?

— Vim perguntar à vítima do injusto açoitamento que destino ela gostaria de escolher para os seus carrascos.

Ele não tirou os olhos de Ndey Joor.

— Desculpe, capitão. Acho que não entendi o que está pedindo à minha esposa.

— Vou repetir, doutor, se você quiser. Mas eu gostaria que sua esposa, somente ela, respondesse e tomasse a decisão. Os homens que a chicotearam, senhora, não tinham esse direito. Conforme a nossa Lei, eles cometeram um delito. Essa Lei prevê um castigo para todos que são culpados de terem cometido uma injustiça, especialmente se a cometeram sob o pretexto de servirem a Deus. Por isso, eles precisam ser punidos.

— Entendi, capitão, mas ainda não entendo o que a minha esposa tem a ver com isso. Puna os homens conforme as suas leis.

— O problema, doutor — disse o capitão, voltando-se novamente para Malamine —, é que a única punição possível é aquela decidida pela vítima. Ou pela sua família se a vítima estiver morta. E, como neste caso, sua esposa sobreviveu — ele disse isso sem tremer —, cabe a ela decidir o destino dos seus carrascos.

— Com todo o respeito, capitão...

— Com todo o respeito, doutor, eu gostaria de ouvir a sua esposa.

Malamine, com o rosto rijo, ia replicar, quando a esposa o interrompeu.

— Malamine, tudo bem...

Então ela olhou para o gigante, que a fitava intensamente.

— Capitão... — ela começou.

— Senhora.

— Obrigada pelas desculpas. Quanto ao seu pedido, não posso aceitar isso, capitão.

— Como assim?

— Me recuso a escolher um castigo. Faça o que quiser com esses homens. São seus homens no final das contas.

— Eu insisto. Se não escolher, vamos cortar as mãos deles.

— Então não faça nada com eles, capitão. Estão perdoados. Vamos deixar eles em paz. Acho que já receberam um castigo bem duro.

— Não duvido da grandeza da sua alma, senhora, mas isso não é possível.

— Por quê?

— Não é justo.

— Você sabe o que é e o que não é justo?

— Tenho essa pretensão, Adja. Sei o que é a justiça. Ou sei, pelo menos, o que não é a justiça. E deixar os malfeitores na impunidade total não é o que é a justiça. O ofendido deve ser ajudado pela justiça para que o ofensor pague pelo que fez. Senão, este mundo só conheceria a lei do mais forte.

— Não é assim que vejo a justiça, capitão. Não é nem a vingança nem a lei de talião. Sou eu que insisto agora. Faça o que quiser.

— Como quiser. Vamos cortar as mãos deles daqui a dois dias, em público. Você pode assistir ao castigo — respondeu Abdel Karim.

— No estado em que estou, vai ser difícil. Prefiro não ir, de qualquer forma.

— Muito bem, respeito sua decisão. Não vou mais incomodar você. Tenha uma rápida recuperação, *in Sha Allah. Assalamu Aleikum.*

Ele deu alguns passos em direção à saída, sem parecer prestar atenção aos dois homens que havia encontrado no quarto, depois parou, com a mão na maçaneta. Virou-se, lançou outro olhar estranho para Ndey Joor e murmurou num tom claro o suficiente para que todos ouvissem:

— Você me lembra alguém, senhora.

E antes que os interlocutores pudessem responder, ele já havia saído do quarto.

Quando Alioune olhou para Malamine, naquele mesmo momento, viu que estava tremendo.

20

— O que fizeram há alguns dias prova que são loucos! Loucos! Cortar uma mão de três de seus próprios homens! Eles não recuam diante de nada e matariam sua própria mãe se precisassem em nome daquele Deus a quem invocam. Não temos mais tempo a perder, precisamos publicar o jornal!

— Publicar?! Seria suicídio se apressar, você sabe disso.

— Sim, publicar! O que nos impede? Vocês ficaram com medo de repente? Eu insisto, precisamos responder imediatamente, mostrar que eles não impressionam a gente. Vamos publicar o jornal amanhã, está quase pronto!

— Não tenha tanta pressa, Déthié, você sabe que não se trata de medo, mas de paciência e reflexão. Acho que precisamos incluir isso que aconteceu.

— Mas para quê, Codou? Foi só uma encenação...

— Exatamente, para desmontar essa encenação de que você está falando, vamos falar disso do início, com ironia.

Déthié abriu a boca para responder, quando Alioune o interrompeu.

— Eu gostaria de dizer uma coisa. Eu estive lá para tirar fotos. Lá, atrás da lente, tive uma impressão muito estranha na realidade. Ao contrário de Déthié, não tenho certeza de que essa execução foi só uma estratégia de comunicação. Bom, sim, mas não só isso... tinha algo verdadeiro no que estava acontecendo. Bom, algo que não foi fingido nem encenado, que não foi ensaiado. Não foi só uma farsa. Senti uma vontade real de fazer justiça, não só de fazer um simulacro de justiça.

— Alioune, o que você está dizendo não é tão diferente do que eu disse — retomou Déthié. — O que esses homens encenaram foi a loucura deles. Foi uma demonstração de força. Mas vocês ainda não responderam, só você, Codou. Vamos publicar o jornal agora ou não?

— Acho melhor esperar mais um pouco, ter mais paciência. Passamos muitos meses preparando o plano, ele precisa dar certo. E para que dê certo, não pode ser precipitado. Temos que esperar pela melhor oportunidade, pelas circunstâncias mais favoráveis. Se formos pegos, é morte na certa, execução pública — foi Velho Faye quem falou.

— E por que você acha que as circunstâncias não são favoráveis?

Velho Faye limpou a garganta e assumiu o ar importante e um pouco ridículo dos oradores que procuram causar efeito. Com a mandíbula freneticamente agitada pela eterna mastigação de chiclete, lançou-se num discurso.

— As imagens da mutilação da qual vocês acabaram de falar circularam em toda a província: chegaram até Soro, onde estão falando disso. Não podemos esquecer a verdadeira causa desse gesto. Oficialmente, a razão foi punir aqueles que bateram na sua esposa, Malamine. Mas, no fundo, acho que o verdadeiro motivo da mutilação foi reafirmar um poder que vacilou. Não se esqueçam de que, se Ndey Joor Camara ainda está viva, é porque os espectadores salvaram sua vida. Não sei se vocês conseguem entender o alcance desse ato, ele é inédito: é a primeira vez, desde que a Irmandade controla a província, que ela se depara com a oposição de uma parte da população. É excepcional!

— Sim, entendemos muito bem, Velho Faye — retomou Déthié. — Você escreveu um artigo sobre isso, que todo mundo adorou. Mas isso ainda não explica por que as circunstâncias para publicar o jornal não são favoráveis. Pelo contrário, acho que essa onda de indignação que atingiu Kalep está totalmente a nosso favor. Podemos deixá-la a nosso favor, fazendo com que todos que estão com medo se juntem à nossa causa...

— Quase todo mundo está com medo.

— Sim, exatamente, todo mundo está com medo. Podemos convencê-los a resistir. Para mim, o contexto atual é dos mais favoráveis, meus amigos. Eu realmente não entendo aonde você quer chegar, Velho, eu...

— Acho que entendi aonde ele quer chegar — interrompeu Madjigueen. — O ato de rebelião dessas pessoas que salvaram a esposa de Malamine teve um efeito: fortalecer a vigilância nas cidades. As patrulhas se multiplicaram nos últimos dias e estão cada vez mais frequentes. É impossível andar dois minutos em Kalep sem cruzar com uma delas, com milicianos armados até os dentes que adoram revistar as pessoas, principalmente as mulheres. Agora, a Irmandade desconfia do povo porque sabe que ele pode se voltar contra ela. Tentar fazer circular um jornal de resistência é arriscado neste momento.

— Mas Madjigueen, e você, Velho, e Codou — retomou Déthié, cuja voz ficava cada vez mais entusiasmada —, uma operação dessa sempre será arriscada. Nunca vai ter, realmente, um momento oportuno, porque a Irmandade está aí, como um monstro, pairando sobre a população com seu tamanho e seu horror. Essa sombra nunca vai desaparecer, vocês precisam se convencer disso. O que vocês preferem? Continuar a esperar? Sabem o que eles vão fazer enquanto isso? Vão matar outras pessoas. Açoitar outras pessoas. Mutilar outras pessoas. Talvez da família de vocês. Vimos que ninguém está protegido. Da próxima vez, pode até ser um de nós. Esperar encarando o medo é deixá-los vencer sem lutar, inclusive facilitando as coisas para eles. Por que esperar quando sabemos que eles vão continuar a matar? Já esperamos demais. Precisamos aproveitar, repito, essa onda de indignação que começa a atingir o povo...

— Você confia muito no povo, Déthié — lançou Madjigueen Ngoné.

— É melhor desconfiar e o transformar num inimigo?

— Não podemos esquecer que, em todos estes anos, esse mesmo povo foi aliado da Irmandade. Talvez ainda seja. Não sabemos o que levou essas pessoas a se revoltarem. Esse povo matou no passado. Se calou, foi cúmplice.

— Mas quem não foi, por seu silêncio, uma vez ou outra? — replicou Déthié. — Quem? Todos nós, todos, assistimos sem fazer nada, sem dizer nada. Foi preciso que um de nós, talvez o mais corajoso, decidisse reagir. Mas, e antes disso? Também ficamos calados. Como o povo. Fomos esse povo, fizemos parte dele. Ainda somos parte dele.

— Mas não matamos. Precisamos tomar cuidado com as multidões, nunca dá para saber de que lado estão ou o que vão fazer.

— Você fala como uma aristocrata europeia do século dezenove, Madjigueen. Que decepção vindo de você. Parece que você tem medo pela sua vida ou pelos seus bens. Não é você que as pessoas vão atacar se tiverem que atacar alguém.

Déthié calou-se por um momento, depois retomou, olhando,

dessa vez, um a um, todos aqueles que estavam presentes no porão do *Jambaar*, esboçando uma expressão de gravidade solene no rosto.

— Vocês precisam entender uma coisa: nosso único aliado é o povo. Sem ele, não podemos ter esperança. Só ele pode reverter essa barbárie. Não nós. Na melhor das hipóteses, o jornal pode restaurar a esperança. Eu acredito nesse povo apesar de tudo o que ele fez. Bom, não tenho escolha. O povo é perigoso e imprevisível. Sim, é possível. Mas nunca podemos esquecer que é essa imprevisibilidade que confunde e que faz dele uma arma incontrolável. Um dia ele vai se revoltar. E, nesse dia, vocês vão agradecer. Ele é espancado, resiste, mas aprende e cresce com esse sofrimento aguentado em silêncio. A única pretensão que não se pode ter, sob pretexto algum, é querer ser maior do que o povo. Não caiam nessa armadilha, nunca desprezem o que é e sempre será maior do que vocês, do que todos nós.

Déthié, como se tomado por um cansaço repentino, disse as últimas palavras com a voz quase inaudível. A raiva tinha se acalmado ou esfriado. Ele largou o corpo numa cadeira, jogando a cabeça para trás.

— Se eu falo como uma aristocrata, você, Déthié, fala como um ideólogo perigoso, que transforma o povo numa entidade superior, quase mítica — replicou Madjigueen. — Você fala como um político, um herói, um mentiroso. Todos que, como você, dizem com tanta facilidade "povo", que enchem essa palavra de esperança, ideias, gritos e sangue, todos como você, que dizem "povo" não vendo as pessoas, os destinos de cada um, o sofrimento, mas uma massa única, um rosto único, um sujeito pensante, me assustam.

Déthié não respondeu.

Um longo silêncio se instalou. E ouviu-se apenas, regular, o barulho que fazia Pai Badji, que, como de costume, estava um pouco afastado do grupo, puxando o cachimbo. O cômodo era pequeno e muito mal ventilado; as espirais de fumaça permaneciam suspensas no ar, como camadas de névoa. Alioune, por sua vez, acendeu um cigarro e observou a fumaça de seu sopro subir na direção das nuvens que se diluíam indolentemente por todo o teto.

De vez em quando, do lado de fora, discernia-se o barulho de um carro, primeiro ao longe, depois cada vez mais perto, no fundo da noite, como se estivesse na entrada do porão. Depois o barulho se afastava e sumia no silêncio da noite.

No porão, continuavam calados, perdidos em seus pensamentos. Outro som foi logo ouvido e perturbou novamente a calma profunda do momento. Era a voz de um homem cujas palavras eram indistinguíveis.

— O que é isso? — inquiriu Velho Faye.

— Birame Penda, um dos sem-teto da cidade — respondeu Madjigueen Ngoné. — Reconheci a voz dele. Ele sempre canta à noite.

— O que ele está cantando?

E eles escutaram a cantoria. Primeiro, não entenderam nada; depois, pouco a pouco, conseguiram captar uma melodia, umas palavras, uma entonação. E embora a letra não fosse clara, as palavras fossem mal articuladas e a própria canção fosse entrecortada, às vezes, de longos silêncios, como se o cantor tivesse esquecido o texto, era possível, depois de um tempo, ouvir a melopeia e a letra, majestosas, sérias, solenes na noite, de *"Niani*[22]*"*. Outras vozes, vindas

---

[22] No Senegal, *Niani* é um canto de resistência à ocupação colonial que data de meados do século XIX. Foi composto quando Lat-Joor Ngone Latir Joob (1842-1866), herói senegalês e famoso rei de uma província resistente, estava prestes a ir pedir ajuda a Maba Diaxu Ba (1809-1867), outro grande resistente, para se oporem juntos à construção de uma linha ferroviária que atravessaria seus dois reinos, promoveria a expansão e a dominação coloniais e ameaçaria sua independência. *Niani*, hoje, é um símbolo de resistência a todas as formas de opressão.

não se sabia de onde, naquela noite, logo se juntaram à de Birame Penda. Os mendigos, os loucos, os *budjukat*[23], as pragas, os *battù*[24] e os marginalizados, todos os condenados e esquecidos de Kalep, pareciam ter se reunido não longe dali, em algum lugar, e cantavam em uníssono, constituindo um enorme coro para Birame Penda, cuja voz sempre se elevava, solitária, rouca, longe de ser bela, mas forte na noite. O ritmo era suntuosamente lento; os cantores, voluntariamente, pareciam querer dar ao hino toda a sua carga épica, todos os seus sotaques guerreiros. Antes isoladas, as palavras saíam do peito, depois se uniam num mesmo fluxo, e então tudo isso, todos esses sopros quentes de homens e mulheres, subiam ao céu.

Eles estavam lá, perdidos em algum lugar na noite de uma cidade obscura, e ainda assim seu canto ecoava em todos os lugares, sem pudor. Nas palavras e na música que essa grande voz humana vertia sobre Kalep, parecia-se ouvir os acordes suaves de um *xalam*[25], o instrumento que originalmente acompanhou esse poema. Talvez Deus o estivesse tocando...

O maravilhoso interlúdio durou apenas cinco minutos, antes de ser bruscamente interrompido e se transformar em gritos assustados, misturados com ruídos de motores e detonações de armas de fogo. Os sete camaradas ficaram sobressaltados e prenderam a respiração.

— Precisamos sair para ajudar — disse Déthié.

— Ninguém deve sair, é muito arriscado! — gritou Madjigueen Ngoné. — Isso sempre acontece. Toda vez que cantam, os

---

[23] Indivíduos desafortunados que sobrevivem graças ao que encontram, reciclam, reutilizam ou revendem no lixo.
[24] No sentido original, designa uma espécie de tigela. Por metonímia, significa o portador da tigela destinada à esmola, ou seja, frequentemente, o mendigo.
[25] Instrumento musical normalmente tetracorde, mas também encontrado com cinco cordas, dotado de uma caixa de som oval de madeira, coberta com pele de boi ou cabra, e de um braço. Tipo de alaúde da África Ocidental, é tocado pela maioria dos *griots*, os contadores de histórias. Quando *Niani* foi composta, os *griots* que estavam presentes a tocaram.

milicianos logo aparecem e dissipam o grupo. Mas não batem, não matam. Só atiram para assustar e dispersar todos eles. Ninguém deve sair.

A barafunda continuou por alguns minutos do lado de fora, depois a noite e o silêncio reinaram novamente. A voz de Birame Penda tinha emudecido.

No porão do *Jambaar*, a calma também havia voltado. Todos estavam meditando e ouvindo ainda, talvez, a ária do poema que havia se propagado no ar antes de se extinguir.

Desde o início da reunião, Malamine Camara tinha falado muito pouco. Sentado na ponta de uma mesa retangular em torno da qual a pequena equipe estava reunida, ele permaneceu imóvel na cadeira, com os braços cruzados. Uma raiva surda o habitava fazia alguns dias; retirou-se, então, numa mudez que ele considerava ser a única atitude a adotar para não deixar transparecer a amargura. No entanto, precisava permanecer calmo durante a reunião, cuja tensão vinha das questões que ela dissimulava. Ele precisava tomar uma decisão.

— Sobre o povo, Déthié — ele começou depois de respirar fundo —, não acho que Madjigueen o despreze. Acho que posso dizer que ninguém nesta sala está mais próximo dos humildes do que ela. Parece que o que ela queria que você entendesse é que o povo, por ser livre e imprevisível, não deixa que ninguém o controle. Nem mesmo aqueles que querem ajudá-lo.

— Principalmente esses — murmurou Velho Faye.

— No entanto — continuou Malamine —, mais cedo ou mais tarde, esse povo vai ter que se revoltar se não quiser ficar eternamente com medo. Seria melhor, aliás, mais cedo do que mais tarde. Não sei se podemos contribuir para o início do levante e, na verdade, não é minha intenção. Os levantes não têm só virtudes. Com o tempo, as pessoas podem ser livres, mas a que custo?

— "As brutalidades do progresso se chamam revoluções. Quando acabam, reconhece-se que a humanidade foi maltratada, mas que caminhou[26]."

Um silêncio profundo acolheu essas palavras, as quais Déthié pronunciou lentamente.

— É de Victor Hugo — acrescentou alguns segundos depois, enquanto o efeito da citação ainda pesava sobre o pequeno grupo.

— Maltratado o povo já é, Déthié — respondeu Malamine.

— Mas ele ainda caminha? Não. Rasteja. Não como uma cobra pronta para atacar, mas de quatro, como uma besta, como um homem reduzido ao estado de uma besta. Muito sangue já foi derramado, então vamos evitar ao máximo mais derramamento. Victor Hugo teria sem dúvida concordado comigo. Eu gostaria... — Ele parou por alguns segundos e pareceu refletir. — Sim, eu gostaria que o jornal testemunhasse — continuou. — Eu gostaria que ele mostrasse às pessoas aquilo a que se submetem sem que elas pareçam perceber. Quanto ao momento da publicação...

Ele sentiu que a raiva aumentava, que a impaciência voltava a tomar conta dele, que a calma estava partindo. Seis pares de olhos o fitavam, e os rostos estavam tensos. Os efeitos do canto tinham desaparecido. A ansiedade tinha voltado.

— Quanto à data da publicação, proponho o voto — concluiu Malamine.

— Você sabe muito bem que não foi o que decidimos — Déthié reagiu imediatamente.

---

[26] *Os Miseráveis*, Volume I, Livro I, Capítulo X.

— Eu sei, eu sei. Mas é uma decisão importante e séria demais para o grupo para que eu assuma sozinho essa responsabilidade. A votação parece ser um compromisso razoável. Vamos votar pelo voto secreto e ver o que vai ganhar, entre o sim e o não. Assim, todo mundo vai dar sua opinião.

Votaram. Cada um escreveu num pedaço de papel e o colocou num pequeno recipiente que Pai Badji havia pegado no bar.

— O mais jovem vai fazer a contagem — disse Malamine.

— Espere, Alioune — falou Codou. — E se tiver empate?

— É impossível, somos sete — respondeu Déthié à esposa.

— Mas um de nós pode votar em branco...

— Em branco?

— Ora, é possível.

— Mas quem faria isso e por quê? Ah, Codou...

— Precisamos considerar essa possibilidade.

— Nesse caso — interveio Malamine —, vou tomar a decisão final, se vocês concordarem.

A proposta foi aceita. Alioune fez a contagem dos votos: três sim, três não e um papel em branco.

— Bom, temos um papel em branco! Eu adoraria saber quem votou em branco — disse Déthié, fitando um a um seus camaradas.

— Mas tanto faz, no final das contas... Meu velho — disse ele, virando-se para Malamine com um grande sorriso —, parece que você só adiou sua responsabilidade. Os deuses querem que você escolha. Estamos ouvindo. Decida, vamos acabar logo com isso.

Malamine apoiou as costas no encosto da cadeira, bufando. Ele tinha votado em branco para deixar aos camaradas a verdadeira escolha. O bumerangue voltou até ele, intacto. Deus parecia, de fato, colocá-lo diante de seu destino. Ele hesitou, olhou para cada um dos companheiros, abaixou a cabeça e a reergueu. A raiva aumentava lentamente, e os esforços para reprimi-la foram dissipados pela dificuldade em se concentrar. Ele ficou com calor. A névoa de fumaça suspensa no teto parecia pegá-lo pela garganta. A cabeça começou a doer. Ele enxugou a testa. Junto à raiva, uma imunda covardia tomou seu coração. Ele teve vontade de abandonar tudo.

— Vamos publicar.

Ele não tinha certeza se realmente queria dizer isso. Déthié estava exultante.

Malamine abaixou a cabeça. A raiva o invadiu completamente, e ele tremia. Diante de seus olhos, misturavam-se, dançavam, encolhiam-se, sobrepunham-se, aumentavam, desapareciam e voltavam a se formar dois rostos, como chamas atormentadas por uma brisa: o da mulher apedrejada que tinha dito algo antes de morrer e o de Abdel Karim.

21

O relógio indicava cinco e meia da manhã quando Malamine voltou para casa. Cansado. As emoções da madrugada o esgotaram de tanto nervoso, mas só agora sentia isso. Trabalharam noite adentro. Não acharam útil fazer um jornal de grande qualidade estética; na verdade, isso tinha pouca importância para eles. Folhas simples de papel A4, presas umas às outras, já seriam o suficiente. O essencial era que, aqueles que o tivessem em mãos, o abrissem. Depois de discussões acirradas, apaixonadas, conseguiram chegar a um acordo: fariam um jornal de tamanho médio, com trinta e duas páginas. Déthié e ele, que escreveram a maioria dos textos, teriam preferido que houvesse mais páginas. Por sua vez, Codou, Velho Faye e Madjigueen Ngoné, argumentando a leveza, a necessidade de dar prioridade à concisão e à clareza em relação ao comprimento e à análise metódica, conseguiram finalmente fazer com que o formato fosse reduzido e, portanto, mais prático e fácil de ler.

Essa decisão levou a longos cortes, reescritas, sínteses, que enlouqueceram Déthié. Mas, no final, conseguiram organizar tudo.

No porão do *Jambaar* foram guardados mil e setecentos exemplares do jornal. Quinhentos destinados a cada uma das três maiores cidades do Bandiani: Kalep, Bantika, Soro, e duzentos para Akanté, que era uma pequena área metropolitana.

No momento de terminar a diagramação, Madjigueen Ngoné

observou, para a surpresa de todos, que o jornal não tinha nome: depois de todos aqueles meses, ninguém tinha pensado nisso. Os minutos seguintes foram frutíferos em sugestões de títulos, trocadilhos, antístrofes e jogos de palavras. Até Pai Badji quase riu. Malamine foi obrigado, em meio às risadas, a pôr fim às piadas. Eles precisavam de verdade encontrar um título. Foi nessa hora que Déthié propôs "*Jambaar*". Velho Faye respondeu que a ideia era ótima, mas que poderia levar a Irmandade ao bar.

— É melhor não contar com a estupidez deles, embora a tentação seja grande — acrescentou, provocando mais risadas.

— E *Rambaaj*? — perguntou Codou, de repente.

Primeiro, ninguém reagiu. Foi Alioune quem falou primeiro:

— Um anagrama perfeito de *Jambaar* e quase um palíndromo. A ideia é ótima, Codou. Parabéns.

Rambaaj. O título foi rapidamente aprovado, por unanimidade. Isso significava, no sentido denotativo, um gênio do mau, um espírito maligno que escuta às portas, denuncia, acaba com as amizades, separa casais e semeia a desordem nas mentes por meio de mentiras e calúnias. E não era isso, metaforicamente, simbolicamente, o que eles queriam fazer com o jornal? Denunciar a barbárie e semear a dúvida nas mentes dos moradores do Bandiani? Ser, de certa forma, *diabolos*[27], querendo separar o povo do que o oprime? Eles seriam *rambaaj* sem a mentira. A ideia foi sutil. Assim nasceu *o Rambaaj*. Eles planejaram se reencontrar na noite seguinte para que cada um pegasse um lote de exemplares e começasse a distribuição.

Malamine foi direto para o seu quarto, no térreo, ao lado da cozinha. Ndey Joor, que havia deixado o hospital no dia seguinte à

---

[27] Palavra grega que significa "o separador", religiosamente conotada, mais tarde, para designar o Diabo.

visita de Abdel Karim, provavelmente estava dormindo fazia muito tempo, assim como os filhos no andar de cima. Ao entrar no quarto, o suave cheiro de incenso flutuando e o calor hospitaleiro que ele exalava o acalmaram e o relaxaram; todo o cansaço que entorpecia seu corpo pareceu diminuir. O çurray[28] é um bálsamo para a alma e um relaxante para o corpo, antes de ser um afrodisíaco para os sentidos: quem acredita no oposto carece de gosto. Ele acendeu o pequeno abajur da mesa de cabeceira e começou a se despir.

— Finalmente, Malamine. Eu estava preocupada, sabia?

— Ndey Joor...

Ele certamente a acordara. Ela estava deitada de lado — suas feridas ainda a incomodavam — e olhava para ele.

— Me desculpe, Ndey Joor. Já é muito tarde, eu sei.

— Fui ao hospital ver você. Sei que não gosta que eu faça isso, mas mesmo assim levei um pouco do jantar. Eu estava preocupada, não sabia se você tinha comido. Você não estava lá. Me disseram que você tinha ido embora mais cedo ontem, com Alioune e Madjigueen, a bela técnica que cuidou das crianças.

Ela parou e encarou o marido com um olhar cheio de ternura, no qual Malamine adivinhou algo especial que, se não fosse uma reprovação, tratava-se de profunda preocupação. Ndey Joor, é claro, não sabia nada sobre suas atividades clandestinas. Por medo de colocá-la em perigo, ela e seus filhos, ele guardara o segredo para que, acreditava ele ingenuamente, sua família fosse deixada em paz se ele fosse descoberto. De repente, ele percebeu o quão essa ideia era ingênua. Comprometido, ele comprometia involuntariamente Ndey Joor, Idrissa e Rokhaya. Guardar o segredo, portanto, parecia-

---

[28] Incenso.

-lhe absurdo, pois o chefe da polícia islâmica, Abdel Karim, conhecia agora seu rosto e sua relação com Ndey Joor Camara.

— Ndey Joor, preciso contar...

— Não quero que você me diga o que está fazendo, Malamine, se não quiser — ela o interrompeu. — Sei que, se você não me contou nada, foi por uma boa razão. Só me prometa que vai ser prudente, e lembre que tem filhos e uma esposa.

— Quero que você saiba, Ndey Joor. Porque o que estou fazendo talvez não seja nada prudente. Mas eu tenho que fazer isso. Quero que você saiba porque é minha esposa.

Ele se trocou, se deitou ao seu lado e a abraçou. O céu tinha começado a clarear. A noite preparava-se suavemente para se retirar; algumas estrelas já estavam desaparecendo e outras haviam se envolvido no manto de fogo da luz nascente do sol. A noite, majestosa e nobre em sua agonia, ainda não estava morta, e o dia ainda não havia nascido, embora se sentisse a proximidade de seu império.

Ele lhe contou tudo: as execuções a que assistira, a decisão de agir, o encontro com Badji, a maneira como se abrira com os outros — Ndey Joor conhecia todos, exceto Badji —, a construção do local secreto, as reuniões, a instalação progressiva do equipamento, a redação do jornal. Também contou que, naquela noite, eles tinham finalizado os detalhes da primeira edição e que iriam distribuí-la na noite seguinte.

Ndey Joor ouviu calmamente, sem interromper, com a cabeça no ombro do marido. Quando ele acabou o relato, no início ela não disse nada e se contentou em abraçá-lo com força. Malamine não sabia se o gesto era um sinal de apoio ou de preocupação. Ele não escondeu nada sobre os riscos que todos eles corriam se fossem pegos e a ameaça constante de que isso pudesse acontecer.

A primeira chamada do muezim soou. Kalep acordava tranquilamente.

— Malamine...

— Sim?

— Por que você está fazendo tudo isso?

Ela murmurou essas palavras, mas não conseguiu esconder a preocupação. Ele a abraçou para tranquilizá-la. Alguns segundos se passaram assim.

— Por você, por nossos filhos, por tudo em que acreditamos.

Ndey Joor se agarrou a ele.

— E por Ismaïla — acrescentou ele.

Após essas palavras, Ndey Joor relaxou e duas grandes lágrimas germinaram sob suas pálpebras, deslizando silenciosamente sobre as bochechas. Malamine as sentiu molhando seu peito. Ele as enxugou e beijou a esposa.

SEGUNDA PARTE

22

    Que alegria poder escrever para você. Tiraram o gesso ontem. É estranho, parece que meu braço não é mais meu. Que não faz mais parte do meu corpo.
    Desde que voltei, meu marido me evita. Me ignora. Não sei se é por vergonha do que fez ou por desprezo, como antes. Estou tentando me convencer de que ele está envergonhado. Estou tentando me convencer de que o orgulho o impede de vir até mim e se desculpar. Espero que, lá no fundo, um mal-estar o esteja corroendo, como ácido. É uma esperança que me enche de alegria. À noite, antes de dormir, lanço à escuridão do quarto o olhar áspero que eu gostaria de lançar para ele. Sonho que ele beija os meus pés. Sonho com ele fraco, todo arrependido. Mas nada disso acontece. Sei a verdade: ele não me vê. Não tem um pingo de arrependimento. No rosto dele não há nada que se assemelhe à fraqueza. Ele não olha para mim. Não fala comigo. Não me entende. Não me ama. Para ele, não sou nada, não passo de uma mulher que está envelhecendo, incapaz de despertar nele qualquer desejo e amor. Uma mulher inútil. Ou seja, uma mulher em quem bater. Ou seja, uma mulher a ser desprezada, uma coisa. A última vez que ele me tocou foi para me bater. Faz dois anos que não dormimos na mesma cama: eu o enojo. Mas ele me enoja mais ainda. Ele queria vários herdeiros, só lhe dei Lamine.
    Tentamos de novo e de novo e de novo e de novo... nada. Abortos espontâneos. Filhos natimortos. E depois o silêncio de Deus. Nem mesmo

abortos espontâneos. Nem mesmo natimortos. Nada além de silêncio, secura, aridez, esterilidade. Sou uma mulher amaldiçoada, infértil. Uma mulher que é zelosamente protegida por um gênio do mau. É inútil, Aïssata, que eu fale mais sobre essa vida de mulher-deserto: você a conhece, todo mundo a conhece. Somos nós que somos acusadas de sermos desgraças humanas, somos nós que somos acusadas de desgraçar uma família, somos nós que somos espancadas para sermos exorcizadas. Somos nós que não somos amadas, somos nós que somos estimadas e depois abandonadas.

Nos primeiros anos, eu escapei dessa rejeição porque tinha Lamine, meu filho, nosso primogênito. Ele era a prova de que eu nem sempre fui amaldiçoada. A prova de que eu tinha sido desejada por uma noite pelo menos. Desejada. Nunca amada. Só desejada. Todos esses anos, que tristeza... que tristeza imensa perceber que, talvez, o amor nunca tenha entrado na minha vida.

Lamine... ele me amou, me protegeu como pôde. Enquanto estava aqui, meu marido quase nunca me batia. Desde que nosso filho morreu, não se segura mais, não tem mais escrúpulos. Ele me bate. Toda a ira e a raiva acumuladas em todos esses anos podem finalmente explodir. Quando me bate, grita, me acusando de ser a causa da perversão de Lamine. Se ele morreu, a culpa é minha, porque eu não incuti nele os valores do islã, porque eu o deixei seguir modas e valores profanos, que vieram de outros lugares. Porque eu não soube educá-lo. Veja só como somos parecidas, Aïssata. Toda mãe é culpada, foi o que você disse. Talvez seja verdade, mas isso não basta, precisamos ir mais longe na culpabilidade: não apenas as mães, mas todas as mulheres são culpadas.

Ele tem razão? Eu eduquei mal meu filho? Eu o matei? Não. Foram aqueles homens ignóbeis que o mataram. Mas fui eu que o levei até eles? Não sei. Tudo o que lhe ensinei foi o amor. Ele amou, e foi morto porque amou. O amor também é culpado nesse caso. Mas, se o amor é culpado, nada mais faz sentido.

Quando ele me bate e me acusa, tento pensar em tudo isso para esquecer a dor. Mas nunca consigo. Os golpes são tão violentos... então eu grito, choro, berro. Nunca imploro para que ele pare, isso sempre produz o efeito inverso. É só depois, quando ele se acalma e eu fico bem machucada, que me faço esta pergunta, a única a ser feita: por que ele me bate? Porque é mais fácil bater numa mulher do que amá-la.

Meu marido é amigo da Irmandade. Ele acredita que ela está destinada a reinar eternamente. Todos os regimes que mataram homens morreram porque acreditavam que poderiam continuar a matar impunemente; todos morreram de presunção. A Irmandade não vai escapar. É o castigo de Deus. Quando se acharem mais fortes, é aí que serão destruídos.

Você já ouviu falar, em Kalep, do jornal clandestino que se opõe à Irmandade e denuncia seus crimes? Ele foi publicado por aí? Não o tive em mãos porque não saio. Foi uma de minhas vizinhas que me falou dele. Ninguém sabe de onde veio, nem quem o escreveu. Ela simplesmente me disse que há dois dias, de manhãzinha, os moradores encontraram em todas as grandes praças da cidade, em todos os lugares bastante frequentados, uma pilha de exemplares de um jornal, o Rambaaj. Na praça do mercado, em frente à mesquita, em algumas ruas famosas de Bantika, no centro dos bairros populares, parece que havia muitos exemplares, como se se tratasse de um milagre divino inexplicável, como se Deus tivesse feito isso durante a noite, quando todos estavam dormindo. Minha vizinha, uma velha muçulmana supersticiosa, acha que é obra de um gênio mau que quer abalar a fé dos moradores. Não acredito mais em gênios maus. Mas acredito em Deus e em seus milagres. Os milagres que sempre acontecem por intermédio dos homens. Se esse jornal é um milagre, é um milagre humano.

Não sei o que está escrito, não li e não vou ler. Não me interessa, estou cansada. A Irmandade reagiu imediatamente em Bantika. Assim que soube da existência desse jornal, multiplicou as patrulhas, aumentou o número de buscas, começou a investigar, ameaçar, repreender e praguejar. Está procurando os culpados.

A cidade virou um inferno de medo, e uma nuvem de denúncia paira sobre ela. Se se transformar em chuva, será terrível: pessoas serão falsamente denunciadas por dinheiro, pessoas serão falsamente denunciadas por vingança, pessoas serão falsamente denunciadas por serem suspeitas. A cidade ficará cinzenta e morta de medo, a desconfiança esmagará os homens e destruirá as velhas alianças. Não gostaremos mais uns dos outros. Um Deus terrível ficará acima de tudo isso e verá os homens se matarem e traírem uns aos outros em seu nome. Será o fim de tudo. O nome do jornal lhe faz jus: pode causar confusão, para o bem e para o mal. Como sempre, os homens terão que tomar uma decisão. A irmandade ou a solidão.

Ninguém sabe o que o povo vai escolher. Há algumas semanas, ele apoiava a Irmandade. Mas por convicção ou medo? Não sei, e não posso saber, porque o povo é feito de existências singulares.

O meu marido, por exemplo, é islamista por convicção, eu sei, mas também sei que minha vizinha que me contou tudo isso é islamista por medo. No entanto, são parte do povo. São o povo. O povo está neles. Então não direi nada sobre o povo, pois ele não é só um. Prefiro falar dos homens. De cada homem. O futuro dependerá do que cada homem fizer com sua consciência e sua responsabilidade. Com sua liberdade. Tudo dependerá de como cada homem vê seu vizinho. Se cada homem ceder ao medo, a Irmandade vencerá e aqueles que escreveram esse jornal o terão escrito em vão. Para que esse jornal seja útil, os homens não podem mais ter medo. Mas isso é pedir demais: o medo é o nosso destino.

Aïssata, acho que um período decisivo está por vir. Não farei parte

dele, não farei parte de nada. Mas espero ver a volta do amor. É a única coisa a esperar, se ainda pudermos nos dar ao luxo de esperar.
   Cuide-se.

Sadobo

Obs.: Para que esta carta não seja encontrada, a envio diretamente pela filha da minha vizinha, que tinha cuidado de mim. Ela conhece um pouco Kalep e vai encontrar sua casa, confio nela. Não se surpreenda se a carta estiver um pouco amassada ou vincada: por motivos de segurança, disse para ela dobrá-la e colocá-la no sutiã. Se esses homens de Deus e tão devotos a revistarem, não poderão chegar até lá, espero.

23

Abdel Karim estava sentado de pernas cruzadas no tapete de oração de pele de carneiro; ao seu lado havia um volumoso exemplar do Nobre Alcorão aberto e, confinado na palma da mão esquerda, um cachimbo aceso. Se tinha uma coisa de que ele gostava mais do que ir à luta e empreender a guerra santa, era aquele momento de isolamento total do mundo, que ele se permitia pelo menos uma vez por dia, para ler o Livro santo. Normalmente sucedia à oração do início da tarde, na hora em que o sol é mais impiedoso e quando os homens, satisfeitos, fogem dele em busca de uma sombra para fazer a digestão. Ele se retirava ao local que lhe servia como quarto no quartel general da polícia islâmica. Dedicava uma hora, às vezes duas, à oração, à meditação, à leitura do Alcorão. Também aproveitava esses momentos de calma para escrever algumas linhas no que constituía seu diário, uma espécie de velho grimório em que, desde que entrara na Irmandade, e com uma regularidade exemplar, registrava suas reflexões, o fruto de meditações, aventuras, o relato de combates e atividades. O volume tinha atingido um tamanho imponente depois de todos esses anos de "serviço". A acreditar que o mais selvagem e mais difícil dos homens sempre tem, no curso pedregoso de sua existência, algum momento de ternura, por mais breve que seja, para Abdel Karim esse momento era o da leitura do Alcorão.

Ele virava lentamente as páginas do santo Livro e, a cada página, uma espécie de sorriso afetuoso se desenhava em seus lábios finos, e seus olhos se enchiam de um brilho de alegria. Esse momento de calma, leitura, escrita, diálogo secreto com Deus, era um júbilo silencioso para ele, em que abandonava receios e medos e se enchia de esperança, fé e força. Ele lia o Alcorão à meia-voz, sussurrava os divinos versos, acariciava as sublimes Palavras que lhe inspiravam fascínio, receio e alegria, tudo junto, embriagava-se com grandiosos arrebatamentos que o ritmo e os efeitos das linhas sagradas imprimiam em seu leve e puro coração; vivenciava o Alcorão, cada verso o enchia de um sentimento mais forte do que o Amor, cada palavra era a marca de Deus, fluía limpidamente nas veias, difundia nele a sensação de um calor terno; ele entendia tudo, e o esplêndido poema que Deus havia infundido para salvar os Homens lhe revelava, a cada nova leitura, o segredo da fé, indicando o Caminho da Salvação. Abdel Karim, que já havia percorrido o Alcorão várias vezes, emocionava-se a cada releitura: era como se novos significados tivessem se formado nesse entretempo, tivessem brotado no meio daquelas maravilhas e delas jorrassem, brilhantes e doces como rastros de mel. Era nesses momentos que ele degustava o mel, os únicos momentos em que realmente se sentia feliz: estava à direita de Deus e recitava os versículos para Ele. Às vezes, quando as belezas da Palavra se acumulavam e inflavam em sua alma, e os murmurejos cristalinos tocavam uma música celestial, ele repentinamente elevava a voz, como se penetrado por uma energia desconhecida ou habitado por um poder sobrenatural, e declamava, de cor, os versículos do Alcorão com um ardor apaixonado. Ao mesmo tempo que sua voz se amplificava, ele se elevava, sua alma se alevantava, transportada; ele se sentia realizado. Abdel Karim fechava os olhos e as palavras que dizia enchiam a sala de pureza e a inundavam de uma luz branca. Quando esses minutos de êxtase findavam e se esgotavam, e ele voltava a abrir os olhos, descobria que havia se ajoelhado sem perceber, com os braços abertos, a cabeça voltada para trás, o rosto dirigido ao céu, e que havia chorado. Isso tinha acontecido várias vezes, e ele sempre saía desse tipo de transe, do qual sempre tinha apenas vagas lembranças, com o rosto transfigurado por uma dolorosa felicidade.

Lá fora a calma ainda estava completa. A Irmandade havia se estabelecido numa área a leste de Kalep, num bairro rico que contrastava furiosamente com a decadência dos bairros pobres do sul. Uma delegacia abandonada pelos antigos ocupantes, que a milícia havia afugentado ao entrar na cidade, servia como posto de comando, centro de comunicações e escritórios administrativos. Algumas casas nos arredores, que também encontraram vazias — os antigos moradores tiveram de fugir durante os primeiros combates —, constituíam o acampamento. Os homens se hospedavam e descansavam ali quando estavam na guarnição na cidade. Por fim, a casa do ex-prefeito, que também tinha abandonado a cidade, servia-lhes de sala de reunião: era onde se reuniam quando havia estratégias a serem postas em prática, informações a serem transmitidas, medidas a serem tomadas. Local que também servia de residência aos dignitários do movimento quando passavam pela cidade. Abdel Karim se opunha a esse conforto que, segundo ele, distanciava os homens do serviço de Deus, acostumando-os às voluptuosidades satânicas do entretenimento e da ociosidade. Ele já havia chamado a atenção de seu superior imediato várias vezes, El Hadj Majidh, o grande cádi da província, para o perigo de oferecer aos homens muitos privilégios. Mas este lhe respondia o tempo todo, e invariavelmente, que os privilégios eram a recompensa de Deus pelo que esses homens estavam fazendo em Seu Nome e que não deveria se preocupar, uma vez que estavam sob a proteção de Deus. Resposta que não admitia réplica, e à qual Abdel Karim se inclinava. Ainda assim, ele não via essa prática com bons olhos. Preferia o modo de vida eremita, o mesmo que, durante muitos anos ao longo do período de formação, conhecera no deserto; preferia a dureza da precariedade às comodidades do assentamento, o que lhe parecia mais favorável à formação da alma e à prática da meditação do divino. Era um homem que apenas encontrava o verdadeiro prazer vivendo modestamente, com dificuldade, em meio a vicissitudes nas quais o corpo endurece e fica mais resistente, uma vez que o espírito se eleva e se acalma. Era um homem do deserto, um homem do sol tirânico, um homem das tempestades de areia, um homem dos rostos queimados e das extensões áridas, um homem das noites frias e silenciosas; embriagava-se unicamente com a incerteza do dia seguinte, a fragilidade de uma existência oferecida à fúria dos elementos, ameaçada pela impiedosa guerra dos homens, suspensa unicamente à vontade de Deus.

Kalep, nos primeiros anos, oferecera-lhe tudo isso: época em que fora necessário lutar contra o exército do Sumal, que tentara retomar a cidade, época em que fora necessário defender a cidade em nome de Deus, época em que as noites ressoavam com o clamor dos homens em batalha e as detonações de rifles e bombas, época em que fora necessário, a cidade pecaminosa finalmente conquistada, levá-la de volta à Salvação, apesar da resistência das populações ainda intoxicadas pelo vício. Época em que cada dia oferecia sua parcela de perigos autênticos, em que os nervos se endureciam depois de tensos por tanto tempo, em que a vida era uma luta perpétua. Sem ousar admitir, Abdel Karim sentia falta dessa época. Fazia dois anos, na verdade, que Kalep havia se tornado uma cidade onde não tinha nada mais autêntico a ser feito: a Irmandade havia trazido Deus de volta, o exército tinha recuado na metade sul do país. A província era deles. A estrada do deserto era deles. As populações tinham, por fim, se juntado à sua causa. Ele começou, então, a ficar entediado. As poucas execuções sumárias que realizava faziam-no sentir, pontualmente, algo parecido com o júbilo passado, mas isso já estava ficando repetitivo demais para o seu gosto, trivial demais. Punir os pecadores parecia-lhe, agora, uma rotina banal, que delegava cada vez mais aos seus homens. Ele aparecia apenas às execuções capitais, as únicas que ainda lhe davam a adrenalina que procurava, em vão, em seus deveres como chefe da polícia islâmica. As raras vezes em que ainda sentia júbilo ocorriam quando, antes da morte, os condenados, numa explosão final de desespero, tentavam se agarrar à vida. Ele gostava de surpreender em seus olhos assustados ou nas últimas palavras que soltavam, como num delírio de agonia, o medo, o terrível medo da morte. Ver esse medo naqueles que iam morrer, identificar o olhar vazio, fazia com que ele sentisse poderosamente a fragilidade da existência, da qual ninguém era mestre. O prazer que sentia ao lembrar que a morte pairava sobre cada homem e poderia, conforme a vontade divina, abater-se sobre cada um deles era proporcional à indiferença que lhe suscitavam os homens e as mulheres que ele executava.

 Fazia alguns dias, no entanto, um evento o tirara do tédio em que afundava e ele voltara a sentir, confuso, essa emoção, esse estado de espírito no qual o pressentimento de momentos autênticos muitas vezes o colocava. Para não se decepcionar, inicialmente não cuidara do caso: o delegara a seus homens de confiança, que lhe relatavam todos os dias a evolução da situação.

 Tinham-lhe levado um exemplar da tal publicação clandestina algumas horas depois da distribuição. Ele ainda se via em sua barraca, registrando algumas impressões no diário, quando um de seus tenentes entrara com um documento encadernado de forma artesanal. Ele o dera ao chefe e lhe contara que, de manhã, as patrulhas haviam encontrado vários exemplares como aquele em diferentes lugares frequentados da cidade. O capitão também soubera que exemplares haviam sido pegos com moradores e que era muito provável que ainda houvesse alguns escondidos com alguns deles, circulando por baixo do pano. Ele se lembrou da alegria animalesca que sentira ao ouvir isso. Mas, imaginando se tratar de um insignificante motim que logo seria desmantelado, deixara que seus homens investigassem e realizassem as primeiras buscas. Enquanto isso, ele havia lido, relido, prescrutado, analisado e examinado o jornal em questão.

Desde a primeira leitura entendera que os oponentes, mesmo se não fossem muitos, eram de altíssimo nível. Os argumentos contra a Irmandade eram os piores possíveis: tinham sido retirados de versículos do Alcorão. Cada artigo havia sido escrito com diligência, erudição, calma. Cada palavra tinha sido pesada, cada argumento estudado, fundamentado, demonstrado. Não era um dos discursos ocos, vazios, sem ideias que aqueles que se opunham à Irmandade geralmente faziam; eram textos profundos, sólidos, baseados numa leitura precisa do Alcorão, com exemplos retirados de episódios da vida do Profeta. Ele ficou até mesmo surpreso, ao ler certas passagens, por sentir algum tipo de prazer, do qual imediatamente se arrependia e emitia um sonoro "*Astaghfiroulah*". De qualquer forma, o jornal era um perigo, uma ameaça séria, e, se circulava entre os moradores, era urgente encontrar aqueles que o escondiam e imperativo descobrir os autores que, obviamente — as fotos de cenas recentes de execução eram prova disso —, viviam em Kalep ou na província.

Ele estremeceu. O aparecimento repentino desse novo adversário parecia-lhe ser um desafio que Deus enviava, mais uma vez, para testar sua fé, já havia muito tempo sem ardor. Seu instinto o levava a crer, além disso, que aqueles que tinham escrito o jornal eram homens terríveis, temíveis, à sua altura. Ao pensar nisso, estremeceu de novo, de prazer. Naquele dia, orou longamente para agradecer ao Senhor por não ter se esquecido dele em seu tédio.

Já fazia vários dias que, ao contrário do que esperava, seus tenentes não encontravam informações confiáveis sobre a origem do jornal; os únicos resultados obtidos foram alguns exemplares encontrados aqui e ali, em casas que tiveram de vasculhar. Abdel Karim alisou a barba. Hoje ele ia, pessoalmente, assumir o caso.

Tinha também aquela mulher...

Pela primeira vez em muito tempo, ele havia ficado perturbado quando a tinha visto. Ela parecia tão calma, tão serena internamente, tão doce e tão forte ao mesmo tempo. Não parecia, como os outros, temê-lo ou odiá-lo. Ela tinha olhado para ele sem medo, sem hesitação, sem raiva, com uma certa ternura inclusive. Ele tinha ficado perturbado e quase havia deixado isso transparecer antes de se recompor. Desde aquele dia no hospital, via todas as noites, antes de dormir, o rosto de Adjaratou Ndey Joor Camara, e aquele rosto, doce e sereno, ainda o perturbava. Mas, acima de tudo, ele tinha a impressão de já tê-lo visto, porém não sabia onde. Talvez fosse isso que o perturbasse. Talvez fosse só isso. Ele enxotou todos esses pensamentos e se concentrou na página do Alcorão que tinha sob os olhos. Era a surata *Al Kaffirun*. Repetiu várias vezes em voz baixa: *Bismi-l-lâhi-r-rahmâni-r-rahîm / Qoul yâ ayyouhâ-l-kâfiroûn / Lâ a'boudou mâ ta'boudoûn/ Wa lântoum 'abidoûna mâ a'boud /Wa lâ ana* 'abidoun mâ 'abadtoum / Wa lântoum 'abidoûna mâ a'boud / Lakoum dînoukoum wa liya dîni²⁹.

Em seguida, levantou-se e se preparou para sair. Já era hora de encontrar e punir os autores do jornal. Foi o juramento que fizera sobre o Livro santo que tinha acabado de guardar.

---

[29] Surata Al Kaffirun, "Os renegadores da fé", que diz mais ou menos isto: *Em nome de Deus, O Todo Clemente, O Todo Misericordioso/Dize, ó renegadores da fé/Não adoro o que adorais/ Não mais do que não adorais o que adoro/Jamais adorei o que adorais/ Nem vós jamais adorastes o que adoro/ Tendes a vossa religião e eu tenho a minha.*

24

Deus foi embora. Ele deixou este mundo já há muito tempo, enojado de seu espetáculo. Os Homens estão sozinhos, fazem o que querem porque tudo lhes é permitido. E o que querem é o Mal: o Homem é mau e a sociedade o torna ainda pior. Não pense, Sadobo, que sou tão pessimista pelo simples prazer de ser pessimista: é o que vejo. Esperar? Podemos nos permitir esperar, sim, mas precisamos saber o quê. Espero o que é certo: o nascer do sol, o cair da noite, a viagem das nuvens no céu. Isso me basta. Os homens? O que podemos esperar deles agora? O que podemos esperar de homens que batem em suas esposas antes de lutarem e se matarem entre si? Você fala de medo, mas ele não serve para justificar tudo. Você diz medo, eu digo estupidez. O medo pode gerar sentimentos nobres e acender no coração de um homem as coisas mais grandiosas e mais dignas. Mas não é isso que acontece. O medo que os domina mostra seus instintos mais reprimidos, mais animalescos. O medo que têm de Deus os levou a ter medo do homem, depois a odiar o homem: tudo isso acabou desesperando Deus. E se o próprio Deus se desesperou, por que insistir? É inútil procurar outra coisa além da realidade. Lucidez, é disso que precisamos. Mas não estou tão desesperada, ainda tenho uma alma. E a alma é a esperança. Então espero. Como eu já disse: o nascer do sol, o cair da noite, a viagem preguiçosa das nuvens no céu. E, às vezes, acrescento a esperança. Espero a esperança.

Nunca imaginamos como eles se amavam, Sadobo. Como nossos dois filhos se amavam, como acreditavam no que os levou à morte. Eu os vejo se amando da maneira mais bela: em segredo. Vejo o seu amor como sendo belo porque ameaçado. Ardente porque confronta as interdições. Forte porque enfrenta os perigos. A juventude os protegia dos pensamentos que provocam o medo, a despreocupação os mantinha afastados das hesitações. Eles foram tolos. Foi bom.

Eu daria minha vida para vê-los se amar de novo. Minha amada Aïda parecia tão realizada antes da morte... Recriar, por meio da lembrança, o sorriso dela. Essa poderia ser a verdadeira esperança. Imagine-os, Sadobo. Imagine-os. Lembrar-se da felicidade deles pode aliviar, por um momento, a dor da perda.

Quanto ao jornal, eu o tive em mãos, mas só consegui ler algumas linhas. Numa manhã, meu marido trouxe um exemplar para casa. Não sei onde o pegou, não perguntei. De qualquer forma, ele me fez entender, preocupado, que eu tinha que lê-lo rapidamente e queimá-lo depois. Eu li. Falaram de nossos filhos, tem um artigo dedicado a eles e uma foto deles de mãos dadas, olhando um para o outro antes da morte. Eles eram tão bonitos, tão apaixonados... Não consegui ler todo o artigo. O título era "Culpados por amar". Não consegui ir além da primeira frase, que guardei comigo: "Eles tinham vinte anos de idade; morreram por terem se amado, foram mortos em nome de um suposto Deus de amor". Não consegui continuar, tudo estava dito. Então o joguei no fogo e o vi queimar. Não sei o que pensar desse jornal. Tenho medo, como você. Medo de que cause o efeito contrário daquele que pode ter buscado no início: levar à indignação. Medo de que incite a traição. Seus autores parecem acreditar na capacidade de as pessoas se revoltarem, de encontrarem razões para se opor e recuperar a dignidade. É mais do que ingênuo: é culpado. Parece que você ainda acredita que os homens podem se levantar e lutar pela liberdade. Eu não acredito mais. Os homens são covardes quando sua escravidão é confortável. Pôr termo ao conforto é abalar o homem e matar o escravo nele. Mas esse jornal não põe termo a nenhum conforto: ele se limita a denunciar os horrores. Os homens em situação de escravidão moral não se preocupam com os outros: pensam apenas em si mesmos, e assim permanecem enquanto seus interesses pessoais não forem afetados. Antes de a minha filha ser morta, eu tinha me acostumado com a Irmandade: respeitava suas injunções e vivia em meu conforto. Naquela época, nenhuma palavra, nenhuma frase, nenhum jornal teriam suscitado revolta em mim. Por que arriscar perder minha vida contra uma organização que me garante a paz se eu não a desobedecer? Obedecer é fácil para um homem que não tem nenhuma preocupação pessoal. Fazê-lo desobedecer simplesmente porque a situação geral de todos os homens é indigna é impossível. Os homens são eternamente egoístas, não se preocupam com a situação geral; não se preocupam com o destino dos outros homens e pensam apenas em seu conforto, mesmo que esse conforto seja envenenado.

 Esse jornal apostou no povo. E vai perder, porque nunca se deve apostar no povo: ele nunca faz o que se espera dele. Eu, Sadobo, ainda me permito dizer "povo": dada a uniformidade de sua reação, todas essas pessoas formam uma massa que pode ser chamada de "povo", sem ser demagoga. Já disse: não confio mais num povo que matou minha filha. Sua reação durante o açoitamento de Ndey Joor Camara? Uma exceção inexplicável. Uma casualidade. E se os membros desse jornal pensaram ver nessa reação um sinal de que um levante popular fosse possível e estivesse próximo, eles estão enganados. Esse jornal tem um único desafio: provar a cada homem que sua condição é indigna e que a Irmandade o envenena. Eles precisariam mostrar que o Deus da Irmandade é um Deus bárbaro. Você acredita nisso, Sadobo? Você acredita por um momento que podemos conseguir incutir, na mente de um homem que jogou pedras em outro homem gritando "Allahou akbar", a ideia de que o Deus por quem ele derramou sangue é um tirano? Eu não acredito. Aqueles que escreveram o jornal subestimam a força com que a ideologia islâmica é implantada em cada homem. Aqueles que a Irmandade manipula pelo medo que faz pairar sobre eles são os mais perigosos.

    Nada pode salvar esse povo infanticida. Nada nem ninguém. Esta terra vomita o sangue dos inocentes. Não basta falar de Deus o dia todo para que ela se torne uma terra santa. É uma terra suja.

    Não acho que esse jornal vá dar certo, Sadobo. Como em Bantika, a Irmandade começou, aqui, a redobrar a presença e a violência. Perseguem com selvageria possíveis suspeitos. Como aí, cartazes, ameaças, avisos de procurados pela polícia, promessas de recompensas inundam a cidade. Kalep também virou um inferno de medo. Mas aqui a nuvem de denúncia de que você falou já se transformou em chuva. As falsas denúncias começaram. A desconfiança reina. A luta pelas recompensas. Os homens estão se destruindo. A solidariedade de fachada está rachando. Cadê a Verdade em tudo isso? Não sei quem são os autores do jornal, mas gostaria de ver a reação deles: certamente não era isso que esperavam. O que vão fazer agora? Achavam que estavam salvando um povo: condenaram-no à destruição. Apostaram na unidade, obtiveram a desunião. Quiseram incitar a marola da revolta, a tempestade que colheram é a do medo, da ganância.

    Estou cansada de tudo isso, Sadobo. Espero poder ir ao cemitério. Cuide-se.

Aïssata

25

Demorou mais do que o costume, mas todos os sete conseguiram aparecer. Aqueles que não eram de Kalep, principalmente, atrasaram-se mais por causa dos vários controles pelos quais tiveram de passar durante a viagem. Era Malamine quem estava falando.

— ...perdemos um pouco o controle da situação, é verdade. Acho que nenhum de nós imaginou isso por nem um instante. O jornal está sendo lido, mas não previmos as consequências. Os moradores denunciam uns aos outros porque a Irmandade prometeu recompensas àqueles que quisessem dar informações sobre a identidade dos autores do jornal: nós. O problema é que fazem denúncias por vingança pessoal ou ganância. Aqueles que foram encontrados com exemplares do jornal em casa foram açoitados. Não é o que queríamos, e...

— Sim, Malamine — interrompeu-o um pouco bruscamente Madjigueen Ngoné —, mas tínhamos quase certeza disso antes mesmo da distribuição do jornal. Bom, eu tinha certeza: depois de publicado, um jornal tem uma única vocação, o de ser lido. Mas é o que está acontecendo agora, principalmente em Kalep, que não tínhamos previsto. Fizemos esse trabalho para salvar as pessoas, não para fazê-las se odiarem, se traírem, se venderem, se acusarem por dinheiro. Mas, infelizmente, é o que está acontecendo. Homens são açoitados porque têm edições do jornal em casa, e outros homens se acusam e se destroem por causa desse mesmo jornal. Não acho que...

— Acalme-se, Madjigueen. Estou tão triste e preocupado quanto você com o que está acontecendo. Entendo o que está acontecendo e o que está incomodando você. Também estou perdido. Não é o que queríamos. Eu achava que as pessoas estariam do nosso lado, que o jornal provocaria um choque.

— A questão é esta: somos responsáveis pelas pessoas que são açoitadas ou falsamente denunciadas porque tinham em suas casas exemplares do jornal que escrevemos e distribuímos? — disse Codou, tranquilamente.

Os camaradas ficaram em silêncio após essas palavras. Foi Déthié quem o quebrou:

— Responsabilidade direta, não. Mas acho que temos uma responsabilidade moral para com eles, pelo menos...

— Eu bem que esperava essa reação: o golpe da famosa responsabilidade moral! — lançou imediatamente Velho Faye.

— Essa ideia incomoda você?

— Se você estiver falando das pessoas que foram pegas com o jornal, sim, me incomoda.

— Seja mais claro.

— Só temos responsabilidade moral para com o jornal, as nossas ideias, o que pensamos e produzimos. Para com nada mais e ninguém mais. Publicamos o jornal e assumimos isso: aí termina a nossa responsabilidade. Se você quer estender o fato moral até os homens que o leem...

— Mas é precisamente até eles que o fato moral deve se estender, caso contrário, nada mais faz sentido! A moral não tem sentido algum se não for, primeiro, invocada para os homens. Pensar como você é agir como se vivêssemos sozinhos, sem os outros, esquecendo que o que fazemos pode ter consequências para eles. É totalmente imoral, Velho!

— Não foi o que eu disse. Não estamos sozinhos. Mas somos livres. Cada um, cada homem é responsável pelo que faz. Somos responsáveis pela publicação do jornal, mas não obrigamos ninguém a lê-lo. Deixamos o jornal em locais precisos. A partir daí, ele começou uma nova vida. Não é responsabilidade nossa se essas pessoas o pegaram, o leram e decidiram guardá-lo em vez de destruí-lo. Nossa responsabilidade, mesmo que seja moral, não pode ir tão longe.

— Mas você está ouvindo o que está dizendo? É repugnante a frieza com que você trata a moral. Não somos responsáveis só por ter escrito e publicado um jornal de resistência. Estamos comprometidos, principalmente, com o destino do jornal. Se nenhum homem fosse responsável pelo que faz, este mundo desapareceria imediatamente, porque as pessoas não prestariam atenção a ninguém além de si mesmas. Seria o fim da moral, seria o fim do homem, do amor, de tudo. Não somos máquinas!

— Chega de pensar em slogans, Déthié! Estou falando de uma situação específica, não de ideias sublimes.

— Eu também estou falando de uma situação específica, e de homens, não de ideias.

— Nesse caso, como você pode cogitar que somos responsáveis pelas pessoas que escolheram ler o jornal e foram presas? O jornal tem como vocação testemunhar e denunciar. Não foi publicado num momento e num lugar qualquer, foi publicado numa época de crise, de barbárie. Não há porque sentir pena. Se, em nome da responsabilidade moral, tivermos que parar e pensar sempre que o jornal provocar alvoroço, já podemos dizer que nunca vamos avançar, e será o fracasso do jornal, traído por quem o publicou. Triste destino!

— Como você, eu me recuso a esquecer que cada um tem um destino em nome da marcha poderosa, soberba e irreprimível dos acontecimentos da História.

— E é você quem diz isso? — respondeu Velho Faye, com um sorrisinho cínico. — Você que, há poucos dias, recitou triunfalmente que "as brutalidades do progresso são chamadas revoluções"? Você que aceitou que os homens fossem maltratados, contanto que caminhassem em direção à liberdade? Você que legitimou a violência se ela permitisse o avanço da humanidade como um todo? Não foi você, Déthié?

— Há uma diferença entre legitimar a violência quando ela é necessária, assumindo-a, tirando dela todas as lições morais, e legitimar a violência considerando-a não como um fator produzido por homens responsáveis, mas como um fato estrangeiro, uma lei inevitável. Qualquer revolução que não seja feita em nome da moral, ou seja, em nome dos homens, perde sua alma e sua verdade. Não podemos ignorar esse fato.

— Acalmem-se, por favor — suplicou Malamine. — O problema é sério o suficiente, não vamos deixá-lo pior com tanta discussão. Entendemos bem as posições de vocês dois. Que tal cada um expor o que acha para sabermos o que fazer? Você quer falar, Pai Badji?

— O jornal não é mais nosso, agora ele tem vida própria. É tudo o que tenho a dizer — Pai Badji respondeu.

— Eu acho — continuou imediatamente Madjigueen — que os outros não têm que pagar pelo que produzimos. Sim, foram eles que decidiram guardar o jornal, mas fomos nós que o propusemos a eles. Eles não pediram nada. A partir do momento em que lhes oferecemos nossa mão, os envolvemos em nossa luta e somos responsáveis por eles. Então, sim: temos uma responsabilidade moral para com eles. E o que proponho é não imprimir novas tiragens, nos limitarmos ao que já foi feito. Com certeza não há muito o que fazer agora, mas dá para evitar que outras pessoas sejam levadas e martirizadas.

— Mas o que vocês não entendem, ou fingem não entender — gritou Velho Faye, cuja voz tremia de nervoso —, é que, mesmo se pararmos, pessoas vão ser presas, martirizadas, espancadas, mortas. Querendo ou não. Lutando ou não. Eu achava que vocês tinham entendido isso! Nossa responsabilidade, moral ou não, não vai mudar nada. O jornal comprometeu, uso o seu termo, todos que o leram. Não podemos mais voltar atrás. Se realmente quisermos que algo mude, precisamos ir até o fim, apesar dos mortos e dos martirizados, sendo completamente bem ou mal sucedidos nessa tentativa de mudar a situação.

— Concordo mais com o Velho Faye — disse Alioune, calmo. — Temos que continuar. Madjigueen, acho que não podemos subestimar a força daqueles que guardaram o jornal e que foram presos. Tendo a pensar que é um sinal de que tocamos em algo essencial. E se temos uma responsabilidade moral para com eles, é a de continuar a lutar e a distribuir o jornal. Para a esperança.

— Sua sabedoria sempre me surpreende, Alioune. Concordo com seus argumentos — disse Codou, sorrindo. — Temos que continuar. Temos uma responsabilidade para com eles: a de não os abandonar agora.

— O que você acha, Malamine? — perguntou Déthié, que aparentemente ainda não havia se acalmado depois da discussão com Velho Faye.

— Acho que em momentos como este que estamos vivendo, nada é previsível. E a única maneira de não nos desmobilizarmos é manter um objetivo, apesar da imprevisibilidade, sem nunca esquecer que há em nós um critério superior que deve comandar qualquer ação: a consciência. Sempre precisamos agir sem esquecer que devemos ser humanos. Lutar humanamente, com meios humanos, é a única dificuldade.

— O que você quer dizer com isso, numa linguagem mais simples? — Codou sorriu.

— Quero dizer que, apesar de tudo, temos que continuar. Fechar os olhos diante do horror não o impedirá de proliferar. Vamos fazer outro sorteio hoje se vocês concordarem. Déthié?

— Eu nunca fui contra o fato de continuar. Eu só queria chamar a atenção para o fato de que não podemos esquecer que tem outros homens com a gente e que temos que levá-los em conta em tudo o que fizermos. Vou continuar.

— Muito bem. E você, Madjigueen?

— Eu gostaria que parássemos, pelo menos por um tempo. Vocês atribuem força e determinação demais a essas pessoas, talvez. Elas encontraram um jornal, é claro que o pegaram para ler e foram surpreendidas. Se eu continuar, é como se eu traísse o porquê de eu ter me comprometido. Me comprometi por causa dos homens. Não posso, de forma alguma, aceitar a ideia de que é por minha causa que esses homens estão sofrendo. Eles não me pediram nada. Vou parar. Não vou participar da próxima publicação. Sinto muito. Ensinei ao Velho Faye como diagramar um jornal no computador. Ele pode fazer isso. É tudo o que eu tenho a dizer.

— Acho que todos entendem e respeitam sua decisão, e vão sentir sua falta. Obrigado, em nome de todos nós.

Os seis agora ex-camaradas de Madjigueen a aplaudiram e seus olhos começaram a ficar marejados. Déthié retomou a palavra.

— Bom, acho que precisamos esperar um pouco antes de publicar o jornal de novo. Com tantos controles e buscas, não iríamos longe. Vamos esperar que eles adormeçam, e depois...

Naquele momento ouviu-se, abafado, o que parecia ser o som de alguém batendo numa porta. Mas o bar estava fechado e era de madrugada. Um silêncio pesado se seguiu, devido ao qual conseguiram ouvir mais atentamente para ver se o barulho continuava. Ele continuava. Eram golpes longos, lentos, regulares, determinados. Deviam ser dados com uma certa força para que pudessem ser percebidos no porão que, é preciso lembrar, ficava sob os banheiros condenados, eles mesmos localizados no fundo da sala principal do bar, em relação à porta de entrada. Todos escutavam, esperando que o barulho acabasse. Cada um, lá no fundo, imaginava que se tratava de um viajante perdido, um morador bêbado, um mendigo, mas ninguém ousava nem queria pensar que pudesse se tratar de uma patrulha. Nenhum deles ouviu o som de um carro ou o estalido de armas. Poderia ser um bom sinal, mas também o contrário. E se tivessem sido descobertos e apanhados? Ficaram com medo.

— Silêncio total — sussurrou Malamine. — Vou ver. Fiquem aí, não se mexam. Se forem milicianos, vou dar um jeito de afastá-los. Vou trancar vocês quando sair, apaguem as luzes caso façam uma busca. Fiquem calmos, aconteça o que acontecer.

— Não faria nenhum sentido você estar aqui a esta hora, não? Eu vou. Sou o proprietário, esperam me ver. Não se mexam, não respirem. E independentemente do que acontecer — ele disse num tom que não admitia réplica —, não tentem sair daqui até que eu abra a laje de novo. Só vou abrir se não tiver nenhum perigo.

E antes que alguém pudesse dizer qualquer coisa, Pai Badji subiu as escadas e fechou a escotilha sobre os companheiros. Eles ouviram o barulho característico de sua bengala no piso e, em seguida, o silêncio, implacável como uma trombeta do Juízo Final, perturbado apenas pelo barulho da porta que continuavam a bater. Aguardaram, e cada um, lá dentro de si, orou.

26

Pai Badji caminhava com passos lentos em direção à porta, à qual continuavam a bater em intervalos regulares. Seu rosto, como de costume, estava sereno, indiferente, como se impermeável ao medo. Com o cachimbo preso entre os lábios, atravessou a sala do bar, cujas luzes tinham ficado acesas, e chegou à porta.

Abriu. Logo na fresta esboçou-se a silhueta de um homem cuja mão direita, fechada, estava estranhamente suspensa no ar na altura do peito: claramente, ele estava prestes a dar outro soco, e seu gesto foi imobilizado à repentina abertura da porta. O velho não conseguiu distinguir imediatamente as feições do visitante noturno: a noite estava profunda e os poucos postes de luz do bairro não funcionavam mais, apagando e reacendendo caprichosamente, provocando um irritante chiado elétrico que acusava seu caráter vetusto. Pai Badji franziu os olhos; o visitante nem se moveu. Ficaram assim por um tempo, sem falar, como se ambos tivessem ficado surpresos ao ver o outro aparecer. Os dois estrategistas do silêncio, como se quisessem pressionar o adversário até os últimos limites da mudez, pareciam se medir dessa forma: com o olhar, a atitude, o corpo. As duas forças, tão igualmente donas de si, enfrentaram-se, e o choque, embora silencioso, foi terrível. No entanto, para interromper o combate que poderia perdurar a noite toda, foi necessário que um deles cedesse.

— *Assalamu Aleikum*. Sou o capitão Abdel Karim Konaté, chefe da polícia islâmica de Kalep.

— Sou Badji, dono deste lugar.

Cada um foi breve e preciso. Iniciado em silêncio, o duelo entre os dois homens continuou na palavra; e, ouvindo-se essa primeira troca, podia-se pensar na reprodução deste fabuloso diálogo consagrado pela lenda: "Sou Alexandre, o Grande. / E eu Diógenes, o Cínico."

— Posso entrar?

— O que você quer?

— Acabei de dizer: entrar.

— Por quê?

— Para conversar.

Pai Badji se afastou. Não queria, por excesso de zelo, suscitar suspeitas no visitante. Havia adivinhado, pela roupa, pela extraordinária moderação, pela majestosa lentidão com a qual tinha abaixado a mão, que Abdel Karim era do tipo que não tinha medo de nada e que passava pela vida com uma espécie de instinto infalível, o que o tornava quase invulnerável. Tinha alguma coisa que emanava dele e que era assustadora. O velho puxou o ar no cachimbo. Sozinho, teria se recusado a deixar o homem entrar. Mas não estava sozinho e tinha em mente que abaixo deles estavam seus seis camaradas, que o homem à sua frente estava procurando, talvez. Badji decidiu, então, enfrentar o adversário com diplomacia.

O capitão entrou e o velho pôde finalmente ver em detalhes sua constituição física e seu rosto. Diante da estranha figura, pensou na hora na besta perseguindo o homem e no homem voltando para perseguir a besta.

Lentamente, Abdel Karim avançou até o bar e parou. O velho

não se mexeu e continuou perto da porta. O capitão virou as costas para ele.

— Então você é o famoso Pai Badji, dono deste bar.

Badji não respondeu e se contentou em continuar olhando para Abdel Karim, que havia então se virado e passado a olhar para o velho.

— Meus homens me falaram muito deste lugar — continuou ele.

— Nunca tive a honra de ver você aqui. Bom, até agora.

— Isso nunca vai acontecer, Aladji Badji. Você sabe o que o Islã diz sobre este tipo de lugar.

— Não vendo nada ilegal, capitão. Pode verificar se quiser. E seus homens, que vêm bastante aqui, são testemunhas disso.

— Meus homens... poderiam, sim, se eu perguntasse. Mas, mesmo se você servisse álcool ou embutidos de porco, eles não diriam nada espontaneamente. Não ignoro a moralidade duvidosa de alguns deles. Nem mesmo aqueles que servem a Deus podem escapar do vício.

Ele parou e analisou visualmente toda a sala, como se estivesse procurando um objeto específico.

— É a sua carabina ali em cima?

— É.

— Lindo modelo.

— Obrigado, capitão.

Abdel Karim demorou-se olhando para a carabina, depois retomou a fala:

— Não duvide, Pai Badji, de que darei um fim naqueles que profanam o nome de Deus quando chegar a hora. Vou dar um fim em todos aqueles que, em segredo, nas sombras, trabalham pelo retorno do Diabo a esta cidade.

— Não tenho um pingo de dúvida, capitão — disse Badji, com a maior calma possível.

Eles se entreolharam por alguns segundos, em silêncio. Abdel Karim sorriu.

— Você deve estar se perguntando por que estou vindo tão tarde.

— Realmente, gostaria de saber por quê.

— Já vou explicar, Aladji. Primeiro, obrigado por abrir.

— Não tive escolha — respondeu o velho.

— É verdade. Mas eu nunca teria insistido se não tivesse certeza de que você ainda não estava dormindo. Vi que as luzes do bar estavam acesas apesar de já ser bem tarde. Eu pensei que, talvez...

— Eu estava fazendo as contas, como você pode ver aí ao seu lado — cortou o velho, apontando com a bengala para um caderno aberto que ele tinha colocado de propósito numa mesa.

— Mas é claro, Aladji, faça o que quiser, é a sua casa, eu nunca vou censurar você por não dormir: eu mesmo tenho conhecido a agonia da insônia ultimamente. Mas...

— Mas o quê?

Pai Badji lamentou a resposta súbita, que poderia demonstrar aborrecimento ou tensão. Felizmente, o homem à sua frente não notou nada, ou pelo menos não parecia ter notado.

— Bem, enquanto eu estava patrulhando no bairro, achei ter ouvido gritos de uma discussão acalorada, que parecia vir do seu bar. De onde mais poderia vir tão tarde da noite? No começo, pensei que alguns dos meus homens estivessem aqui discutindo. Mas vi que o bar estava fechado. E agora, vejo que não tem ninguém. Admita, é no mínimo curioso.

— Sim, realmente.

— Ah! E então...

— E então, como você pode ver, somos só você e eu, capitão.

— E lá em cima?

— Moro sozinho desde que você queimou meu cachorro, capitão Konaté. Não posso?

— Oh, sim, sim, Aladji. Por favor, desculpe-me pelo que pode parecer uma intrusão inapropriada em sua vida privada. E agradeça à Irmandade por ter afastado você desses animais diabólicos. Se me permitir, ainda vou incomodar você — ele continuou, sem se preocupar com o beicinho desprezível de Badji —, mas não vou vasculhar sua intimidade. Fiquei intrigado com essas vozes acaloradas no meio da noite. Quem não ficaria no meu lugar? Tenho certeza do que ouvi, e tenho quase certeza de que vieram do seu bar. É estranho.

— É um fato.

— O que você acha?

— Que você é um ser humano.

— Deus é prova disso, de que sou a criatura. E daí?

— E daí que, como todo ser humano, você também se engana às vezes.

— Nunca me engano.

A terrível resposta tinha sido dita com tanta verdade no tom, tanta sombra de convicção, que Pai Badji não pensou nem por um instante que se tratasse de uma provocação retórica. O homem diante dele era um homem que nunca se enganava, de fato.

— Eu gostaria de acreditar em você, capitão. Mas Deus pode enganar seus sentidos, não pode?

— Deus pode tudo.
— Digamos, então, que foi o que aconteceu esta noite.
— Por que ele faria isso?
— Os caminhos do Senhor não são impenetráveis?
— Deus é Mistério.
— E então?
— Pode ser. Talvez simplesmente tivéssemos que nos conhecer.
— Não vejo outra razão além dessa. Você está vendo com seus próprios olhos que não tem ninguém aqui. Pode verificar se quiser.
— Não será necessário.
— Que bom, eu não teria gostado muito. E você não está ouvindo nenhuma outra voz.
— Elas se calaram. Deus fez com que se calassem — Abdel Karim respondeu, dando um sorriso enigmático.
— Bem, se for só isso, capitão, agora você não tem mais dúvida nenhuma — disse o velho, fazendo um desses gestos indescritíveis e vagos que usamos para sinalizar a um convidado que ficou muito tempo que é hora de partir.
— Não, Pai Badji. Mas...
— Pois não, capitão?
— Posso perguntar por que você fechou mais cedo do que o normal?
— Já disse, estava fazendo as contas.
— Ah! Você sempre fecha quando faz as contas?
— Preciso fechar, mantenho sozinho este lugar.
— Então você deve fazer as contas com frequência. Faz quase dois anos que, várias vezes, ouvi meus homens reclamando, voltando

de uma patrulha, que não puderam tomar uma xícara de chá e se aquecer no seu bar.

— Sim, com bastante frequência. E sou obrigado a fechar quando preciso fazer as contas.

— É, eu bem que constatei isso.

— Como assim?

— Durante umas caminhadas, já aconteceu de eu passar na frente do seu bar. Acho até que posso ser exato ao afirmar que você costuma fazer as contas às quintas.

— Exatamente.

— E que, em alguns momentos, você as fazia toda quinta-feira.

— Isso é um fato.

— E que em outros momentos você ficou muito tempo sem fazê-las.

— Devia ter poucos clientes.

— Sei até que você fez as contas há alguns dias.

— Sim, faz pouco tempo.

— E você está fazendo de novo hoje!

— Preciso ver se tem erros.

— Mas você já não viu isso faz poucos dias?

— Luto contra o tédio.

— Tantas vezes!

— Todos os dias se a minha idade permitisse.

— Que consciência profissional admirável!

— O comércio não permite nem descanso nem estimativas.

— Concordo.

— Então o caso está resolvido.

— Admiro você.

— Não tenho esse mérito todo.

— Se eu não fosse Abdel Karim, teria gostado de ter sido parecido com você.

— Tomo isso como um elogio, que me honra e o engrandece.

— Só mais uma coisa... de quem é a scooter estacionada na frente do bar? Não consigo imaginar você nela.

Pai Badji estremeceu, embora tentasse se manter perfeitamente relaxado e indiferente. Velho Faye, que geralmente vinha de ônibus, tinha falado mais cedo de sua "nova scooter". Badji acabara de lembrar e ficara bravo consigo mesmo; ele, que geralmente era tão cauteloso, não tinha pensado naquele detalhe que poderia condená-los.

Pensou em tudo isso numa fração de segundo.

— Me pediram para dar uma olhada — respondeu ele.

— Quem?

— Um amigo.

— Ah, você tem um amigo?

— Quem não tem?

— Os misantropos. Que é o que me disseram de você.

— Uma mentira ou uma informação errada.

Abdel Karim sorriu de novo. Badji permaneceu impassível e continuou a fitá-lo, puxando regularmente o ar no cachimbo. O silêncio do lugar era quase perturbador.

— Se não se importar, capitão, eu gostaria de subir para dormir — disse Badji, depois de um tempo. — Essa noite cheia de números acabou comigo.

— É claro, Aladji. Mas, antes, se me permitir, gostaria de falar por mais alguns minutos sobre um assunto que me é muito caro.

— Ah! E que assunto é esse? — perguntou Pai Badji, fingindo surpresa.

— Você acredita na Irmandade?

— Acredito em Deus.

— Então você é um homem de confiança. Eis o meu problema: você certamente ouviu falar da publicação, há alguns dias, de um jornal que denigre as práticas da Irmandade...

Naquele momento, Abdel Karim parou e examinou intensamente o rosto do velho, a tal ponto que este, muito concentrado em afrontar os olhos de demônio que procuravam averiguá-lo, deixou inadvertidamente cair a bengala.

— Sim, acho que ouvi algum morador falar dele.

— Você leu o jornal?

— Não sei ler.

— E escrever?

— Também não.

— Como você faz as contas?

— Em árabe. Não sei ler nem escrever em francês.

O próprio Pai Badji ficou surpreso com sua espontaneidade e desenvoltura. Acredita-se que a genialidade do homem é proporcional aos perigos que corre.

— E o que você acha desse jornal?

— Já disse: não li.

— Sim, mas você tem alguma opinião sobre ele, não?

— Nada que seja muito original ou que mereça ser desenvolvido.

— Mas me interessa.

— Por quê?

— Gosto de você.

— Bem, se você insiste, acho que em tudo há uma ponta de verdade. Deve ter uma verdade nesse jornal, não sei qual.

Abdel Karim se levantou e caminhou em direção à saída.

Quando chegou diante do velho homem, a quem olhava de cima dada sua grande estatura, parou e o fitou demoradamente. Pai Badji aguentou esse enésimo desafio.

— Você é um homem singular, Pai Badji. É respeitado na cidade. Admirado. Preciso de pessoas como você. Como exemplo.

— Sou independente, capitão.

— Não é uma proposta.

— O que é?

— Nada que valha a pena ser levado adiante agora — respondeu, sorrindo.

Ele abriu a porta, depois se virou novamente para o velho. Seu rosto não sorria mais. Havia nele uma frieza e severidade implacáveis, que lembravam ao Pai Badji que o homem que estava diante dele não era completamente um homem: ele era, ao mesmo tempo, menos e mais do que isso.

— Saiba, Aladji Badji, que jurei capturar os autores desse jornal e todos aqueles que os ajudaram. Vou capturá-los com minhas próprias mãos.

— Deus queira, mas por que está me dizendo isso, capitão?

— Não sei, Pai Badji. Mas talvez você, você saiba — acrescentou ele, depois de um breve silêncio. — *Assalamu Aleikum.*

O velho nem teve tempo de responder e o homem já havia fechado a porta e sumido na noite.

Pai Badji caiu na primeira cadeira que encontrou. Ele estava transpirando um pouco, sem perceber, embora a noite, estranhamente, estivesse fresca.

27

Para que Abdel Karim não os visse, eles foram obrigados a esperar amanhecer até que Kalep realmente acordasse para sair do bar e se dispersar. A visita do chefe da polícia Islâmica, suas alusões, insinuações, que não se sabia se eram irônicas ou sérias, e, sobretudo, as últimas palavras enigmáticas tinham-nos preocupado um pouco. Eles se separaram depois de terem decidido deixar passar alguns dias antes de tentar distribuir de novo, massivamente, o jornal. Isso lhes deu tempo para pensar na situação e ver como ela evoluiria.

Antes de ir embora, Madjigueen Ngoné se despediu de todo mundo, especialmente daqueles que não moravam em Kalep, que ela talvez não teria a oportunidade de rever. Velho Faye, em particular, apesar da distância e do desprezo que ele involuntariamente emanava, pareceu muito afetado pela partida da jovem. Durante as reuniões, e apesar de naturezas e temperamentos tão opostos que parecia impossível que chegassem a um acordo, eles se aproximaram pouco a pouco, sem, no entanto, que se pudesse dizer que tinham um caso. Era um desses relacionamentos indecisos, perdidos entre amizade, ternura, simpatia, cumplicidade, aborrecimento mútuo e, talvez, amor. Ninguém realmente sabia o que estava acontecendo entre eles. Será que eles mesmos sabiam? Todos, talvez ela e ele mais do que os outros, ficaram surpresos quando, havia pouco, durante a discussão, Velho Faye, quase ríspido, interrompera a jovem. Não fora tanto o fato de eles não concordarem que surpreendera — porque era algo frequente —, mas, sim, a maneira como expressaram o desacordo. Geralmente, na verdade, mesmo em assuntos mais sérios as discordâncias eram expressas num tom jocoso, que, se os separava na essência, os aproximava na forma. Fora assim que nascera a cumplicidade entre eles, como acontece muitas vezes: na zombaria, na oposição afetuosa, na provocação gentil. Mas hoje, não se sabia por quê, Velho Faye tinha sido particularmente duro e agressivo, mesmo com sua bela amiga, e seria arriscado querer encontrar a razão exata disso. Talvez se devesse à amarga discussão, alguns minutos antes, com Déthié. Ou ao mau humor. Ou à intransigência.

Ainda assim, na hora de se separarem, Velho Faye, como se de repente percebesse o que estava acontecendo, pareceu arrependido de sua atitude, e isso o deixou mais tenso. Madjigueen lhe disse adeus por último. Eles se abraçaram e, por mais que desejassem uma troca breve, ela acabou se prolongando. Os outros, entendendo que ali havia mais do que tristeza, afastaram-se e deixaram os dois sozinhos. Ninguém soube o que disseram um ao outro. Todos simplesmente notaram que, quando se juntaram a eles novamente, as lágrimas que Madjigueen Ngoné tinha conseguido conter haviam se declarado e que Velho Faye parecia apavorado.

Em seguida foram embora, um a um, conforme o procedimento que normalmente seguiam. Velho Faye não se virou na direção de Madjigueen ao partir.

Ela saiu depois dele, não olhou na direção em que a scooter partira e correu para se misturar com a população de Kalep, para nela se perder e se refugiar, como se temesse que Velho não tivesse ido embora e tentasse encontrá-la. Mas ele tinha partido e ninguém havia tentado encontrá-la. Ela caminhou, guiada pelo acaso, cruzando e ultrapassando os milhares de rostos, sem ter tido tempo de olhar para eles.

28

Está quente, e Madjigueen Ngoné caminha na cidade. Ela não sabe o que pensar de si mesma: não é de seu feitio ser covarde, mas é essa a impressão que tem de si depois de ter decidido deixar seus companheiros. Mas, por outro lado... todos esses rostos, em nome dos quais ela se comprometeu ao participar do jornal, não pediram nada: são rostos independentes e fechados, que agem como querem e que não devem, sob pretexto algum, ser feitos reféns presumindo suas vontades, seus desejos, sua coragem. E, além disso, ela se pergunta: o que é a coragem, aqui e agora, em Kalep? O que essa palavra significa para a mulher com a qual ela acabou de cruzar? E para o menino que ela está vendo brincar? Ela olha para os moradores de Kalep. Estão cuidando de seus afazeres, enfrentando suas preocupações, seus medos, lidando com a morte. Isso assume várias formas: uns colaboram, outros se calam, alguns resistem. Ou seja, todos sobrevivem. Sobreviver, a seu ver, é a coisa mais difícil para um homem. Mais difícil do que a coragem, mais difícil do que a revolta, talvez até mais difícil do que o amor. Sobreviver vai além de tudo isso, pois é em nome da sobrevivência que mostramos coragem, revolta, amor; sobrevivência de si, dos entes queridos, daquilo em que acreditamos, de um mundo feliz que conhecemos e que não queremos que desapareça, sobrevivência daqueles que estimamos. Sobrevivência, apesar de tudo. Para Madjigueen Ngoné, é isso que essas pessoas fazem: sobrevivem como podem num mundo de morte.

Madjigueen Ngoné encontra um certo alívio: diz a si mesma que fez bem em deixar os camaradas: sua causa é, certamente, nobre, mas reivindicam conhecer aqueles a quem querem ajudar; contudo, nunca poderão conhecê-los, nunca poderão adivinhar as lutas e paixões íntimas e singulares que os acompanham e pelas quais se levantam todos os dias e tentam se proteger da morte. O que seus amigos não entenderam é que as pessoas tentam, antes de tudo, sobreviver. Não podemos, portanto, pedir que se revoltem, porque a pulsão de sobreviver já é a resistência mais formidável que existe. Mas qual é o sentido de sobreviver se se sobrevive sem dignidade e sem honra? Questão de forma, questão de moral. Madjigueen não se envergonha: quem tem o luxo de escolher o modo de sobreviver ainda não está na sobrevivência, a real, a sobrevivência extrema, aquela que não dá a liberdade da preferência, mas se resume ao seguinte dilema: "sobreviver ou morrer". Quando é preciso sobreviver, realmente sobreviver, a única escolha é sobreviver, qual é o sentido da coragem? O que significa ser corajoso diante de um pelotão de execução?

Ela agora tem resposta a todas essas tantas perguntas: a única coragem verdadeira é sobreviver, lutar contra a pulsão de morte, não ceder nem ao desespero que conduz ao suicídio nem ao egoísmo que conduz à traição dos outros. Tentar sobreviver por si e pelos entes amados. Fazer de tudo para que não morram. Sobreviver não pelas grandes ideias, mas pela única e elementar sobrevivência na qual as grandes ideias, *a posteriori*, sempre são implantadas. Sobreviver para não morrer. Nada mais. Nada menos. Da maneira mais digna possível. Ela percebe, enquanto se dirige à praça, que está pensando de novo na dignidade. Sua resposta é um compromisso. Mas o próprio homem não é um compromisso? Madjigueen não quer levar adiante essa nova reflexão; sorri ao pensar que todos esses pensamentos que passam em sua cabeça talvez não sirvam para nada. Ninguém percebe, ninguém para e repara seu semblante preocupado e concentrado, porque todos estão ocupados sobrevivendo.

Ela continua a caminhar na cidade.

29

Por precaução, Ndey Joor Camara ainda evitava se apoiar por muito tempo em qualquer superfície. Não usava mais sutiã e passou a vestir apenas blusas leves para que não sentisse muito calor. As feridas estavam começando a cicatrizar completamente, mas ela ainda sentia coceiras. Ouviu alguém entrar no quarto onde estava deitada.

— É você, filhinha? — perguntou ela, sem olhar para a porta.

— Ah, como você sabia que era eu? Eu queria que você adivinhasse.

— Ah, é? E o que você teria feito para que eu adivinhasse? Eu teria reconhecido sua voz na hora.

Ndey Joor Camara virou-se e sorriu para Rokhaya.

— Uhm... eu teria imitado a voz do papai, depois a do Idrissa. Assim!

Ela tentou algumas imitações estranhas dos dois homens da casa, o que divertiu Ndey Joor. Então, satisfeita com o efeito da breve encenação, a criança foi se deitar e colocou a cabeça no colo da mãe, que havia se endireitado. Ndey Joor começou a acariciar suavemente seus cabelos, sussurrando uma música.

Rokhaya tinha crescido. Tinha crescido porque sabia mais ou menos o que estava acontecendo: homens morrendo, cães sendo queimados, a mãe que tinha sido espancada. Ela entendia tudo; não havia mais espaço para a inocência. A guerra também é isso: a impossibilidade de permanecer criança mesmo sendo criança.

Desde aquele dia em que protegera a filha enquanto suas costas eram dilaceradas, Ndey Joor Camara via que Rokhaya havia crescido. Sem perceber, a menina praticamente não brincava mais.

— Ainda está doendo, mamãe? Seus machucados nas costas ainda estão coçando?

Ndey Joor Camara parou de cantar, mas continuou a acariciar suavemente a cabeça da filha. Rokhaya estava com os olhos fechados e falava com a mãe sem se mexer, a voz cheia de uma inocência desarmante.

— Não, querida, não dói mais.
— Verdade?
— Sim, é verdade, filhinha. Todos vocês cuidaram bem de mim: você, seu irmão e seu pai. É principalmente por isso que não sinto mais dor. Graças a vocês. Toda vez que sinto dor, penso em vocês e isso me acalma. Você entende?

— Sim, mamãe, entendo. Acho que entendo. Mamãe...

A menina virou a cabeça para a mãe e abriu os olhos. Ao vê-los, Ndey Joor Camara não pôde deixar de pensar naqueles de sua própria mãe, de quem Rokhaya tinha, além do nome, herdado muitos traços.

— Sim, querida?

— Sinto muito que tenham machucado você. Foi por causa de mim. Sinto muito, e eu nunca disse obrigada. Me desculpe, não obedeci naquele dia. Você gritou para eu ficar em casa, mas mesmo assim fui ficar com você. Eu não podia ficar em casa. Eu queria ficar com você.

Ao ver aquele rostinho expressando pensamentos tão dolorosos, Ndey Joor Camara sentiu o coração apertar. Rokhaya ainda estava olhando para ela, triste, mas com medo, como se esperasse uma resposta, uma desculpa, uma palavra reconfortante, até mesmo uma bronca. Ndey Joor leu em seus olhos uma espécie de desespero assustador, que contrastava com a candura do rosto infantil. Ela ficou assim por muito tempo, incapaz de responder. Mas continuou a acariciar seus cabelos com a infinita ternura que emana da maternidade.

— Foi você que salvou a minha vida naquele dia, Rokhy — ela finalmente conseguiu dizer à filha.

— Eu? Como assim, mamãe? Você não lembra? Foi você que me protegeu e me cobriu com...

— Sim, lembro muito bem, filhinha. Lembro como se fosse ontem. Lembro tudo o que aconteceu naquele dia.

— Então por que você disse que fui eu que salvei você? Eu não podia, mamãe, eu estava no seu colo e você estava me segurando tão forte que eu nem podia me mexer. Como é que eu podia salvar você?

— Se você não estivesse lá, eu teria gritado. Foi assim que você me salvou. Você foi muito corajosa, amorzinho. Eu é que tenho que agradecer.

— Verdade?

— Verdade.

Rokhaya sorriu, livre da culpa. Fechou os olhos. Ndey Joor Camara ia voltar a cantar quando a filha falou:

— Sabe, mamãe, naquele dia, eu...

Ela fez uma breve pausa.

— O que aconteceu naquele dia, amorzinho? Por que você parou de falar?

— Porque o que vou dizer é impossível, você vai achar de novo que estou inventando.

— Não, me conte. Também vou contar uma história impossível. Você vai ver, sempre temos uma história em que somos as únicas pessoas a acreditar. O que aconteceu naquele dia?

— Promete que não vai contar para o Idrissa? Ele vai tirar sarro de mim e dizer que ainda sou uma bebê que usa fraldas e acredita em contos de fadas.

— Ele também acreditava em contos de fadas. Mas se você prefere, não vou dizer nada, nem para ele nem para o seu pai. Isso vai ficar entre nós. Me conte.

— Bom, naquele dia, quando eu estava no seu colo, eu estava chorando, lembra?

— Sim, amorzinho, lembro.

— Sabe, não era porque eu estava com medo. Nem porque eu tive um cortezinho na mão.

Ndey Joor Camara olhou para ela com o ar interrogativo.

— É porque eu sentia cada golpe que você recebia. Era como se o chicote atravessasse o seu corpo e tocasse o meu. Sei que não pode ser verdade e que deve ser só minha imaginação, mas é isso. A cada vez que aquele homem açoitava você, eu gritava mais alto porque eu sentia. Você ficava muda e eu gritava por você. Você entende? É isso. É isso que eu queria dizer. Você prometeu não contar para o Idrissa, hein!

— Não, não vou contar para ele, filhinha. Ele não entenderia.

— É, eu sei. E você, você entende?

— Acho que sim, amorzinho. Entendo. Obrigada por ter gritado por mim. É assim que eu teria gostado de ter gritado.

— E por que você não gritou?

— Porque o homem que estava batendo em mim teria achado que estava me machucando.

— Mas ele não estava machucando você?

— Sim, é claro que estava, mas eu não queria que ele soubesse.

Foi por isso que eu não gritei. E também porque eu sabia que você estava lá e que estava gritando por mim.

— Ah, então você também sabia?

— Sabia.

A menina sorriu, feliz com esse tipo de cumplicidade profunda que estava se afirmando entre as duas.

Ndey Joor voltou a cantar baixinho. Entoava uma velha canção que a mãe a tinha ensinado quando ela era um pouco maior que Rokhaya; era um hino que as mulheres da aldeia onde nascera entonavam, em coro, nos campos, sob o sol, com foices, cestas, elásticos e facões nas mãos, as costas cingidas e os rostos cobertos de suor, para reencontrar coragem e entusiasmo. Uma atrás da outra, dispostas em longas fileiras, cada uma encarregada de uma tarefa particular, competiam com ardor na retomada do canto que nunca morria, encontrando ânimo a cada coro, com um novo fôlego e uma nova vitalidade. Cada fileira, ecoando aquela que estava imediatamente à sua frente e que acabava de terminar sua estrofe, procurava sobrepujar a da dianteira não só na beleza da melodia, mas também no vigor com o qual a proclamava ao céu. O canto era incessantemente objeto de embelezamentos, adições e improvisações líricas, que contribuíam para divertir o espírito das trabalhadoras e fazê-las esquecer, imergindo-as na plenitude do esforço, na dureza da tarefa. Tomadas pelo ritmo e pelas variações da melopeia, esqueciam o sol que, caindo em suas nucas, já não as queimava tanto; avançavam a uma cadência regular, quase sem perceber, invadindo as imensas extensões que alcançavam o horizonte. Ndey Joor Camara ainda se lembrava da primeira vez que ocupara uma fileira, ao lado da mãe. Uma mulher imponente, forte, cuja voz poderosa e clara dominava a de todas as outras mulheres. Sempre ficava na primeira fileira, no meio, e também era sempre ela quem começava o canto, dava o ritmo, acelerava se necessário, desacelerava quando a marcha parecia muito rápida, decretava as pausas e as interrompia. Lembrava-se do imenso cansaço que sentia no final do dia de trabalho, mas também, e acima de tudo, do doce e caloroso sentimento de felicidade e euforia que a invadia lentamente enquanto, a poucos metros dela, a mãe, sem palavras, a envolvia com um olhar cheio de orgulho e ternura.

Sempre que sentia saudade daquela época, cantarolava com melancolia um dos cantos que animavam as sessões de trabalho e voltava a ver, então, fechando os olhos, as grandes extensões que enfrentavam.

— Mamãe...

— Sim, filha?

— Você acha que um dia tudo vai voltar a ser como era? Que as pessoas com turbantes e armas vão embora, que eu vou poder sair e brincar de novo sem medo, que os cachorros vão voltar e que as pessoas vão poder dar festas na rua?

— Não sei, Rokhy. Mas espero que sim. Rezo todos os dias para que isso aconteça.

— Engraçado, mamãe: você é a primeira pessoa a não responder "sim" a essa pergunta. É como se todos se sentissem obrigados a dizer sim. Não porque eles realmente acham isso, mas porque querem me tranquilizar, ou se tranquilizar, sei lá. Mas isso também deve ser normal, né?

— Isso o quê?

— Que todo mundo tenta se tranquilizar dizendo que eles não vão demorar para ir embora.

— Tem realmente gente que acredita nisso, filhinha. E você, você acredita?

— Não sei, mamãe. Sou muito pequena para essas coisas. Papai me disse que acreditava e que tinha certeza de que eles iriam logo embora. Mas não disse como iriam embora. Também perguntei para o Idrissa ontem à noite.

— Ah, é? E o que ele disse?

— Primeiro como você, que não sabia. Aí, um pouco depois, ele disse que não acreditava nisso e que as pessoas com turbantes ficariam em Kalep por muito tempo. Eu queria perguntar por que ele achava aquilo, mas ele foi para o quarto. Eu gostaria de perguntar para saber.

— Vamos perguntar juntas, mais tarde, se você quiser.

— Eu quero, mamãe. Vamos perguntar quando ele tiver terminado de falar com o papai. Foi ele quem me pediu para deixar eles sozinhos porque eles tinham que conversar. É por isso que vim ver você. Eu gostaria de saber o que eles estão conversando, já que é raro...

— Raro?

— Você não percebeu que eles não se falam muito? Ah, eu percebi. É como se eles não conseguissem se olhar por muito tempo nem dizer coisas um para o outro. Você sabe sobre o que eles estão conversando? É uma coisa de homem, é isso?

— É isso... coisa de homem. Aliás, também vamos ter a nossa pequena reunião entre mulheres e não vamos dizer nada para os homens. Também vamos ter nossos segredinhos. Acho que já temos alguns...

— Ah! Você prometeu que vai me ensinar a fazer *curray*! Que tal agora?

Ndey Joor Camara, rindo, levantou-se e foi buscar um incensário de prata num canto da sala. Mas só pensava no marido e no filho.

30

— Como ele reagiu? — perguntou Ndey Joor Camara.

— Como eu esperava ou quase: não mostrou nenhuma emoção. Embora eu tenha achado, mas só achado, ter visto uma faísca de surpresa nos olhos dele. Nada do que faço parece tocá-lo mais, nem isso. Não parecia feliz nem chateado nem zangado. Deus sabe que eu teria preferido isso à insensibilidade.

Ndey Joor Camara pegou a mão do marido, pousou suavemente os lábios sobre ela e a colocou, em seguida, delicadamente em sua bochecha. Qualquer palavra seria inútil. O marido precisava simplesmente que ela ficasse ao seu lado.

Ela estava sofrendo com a distância entre Malamine e o filho. Ela tinha assistido, impotente, apesar de todo o seu amor, ao drama silencioso que se desenrolava diante de seus olhos dentro da família. Fora a primeira a notar que pai e filho estavam se afastando imperceptivelmente, mesmo que não ousassem admitir; fora a primeira a perceber que eles nem pareciam ter ideia da lacuna que inevitavelmente aumentava entre eles; fora a primeira, novamente, a tentar reagir, assim que tivera certeza de que o que temia não era ilusão. Mas reagira tarde: fora na época em que Malamine começara a se ausentar com frequência, pelas razões que ela agora sabia, que ela tentara reatar o fio que inexoravelmente estava sendo corroído. Frequentemente ausente, Malamine sempre adiava a conversa que ela lhe pedia para ter com Idrissa; quanto a Idrissa, ele negava sistematicamente, calmo demais para ser verdade, ter se afastado do pai. Dizia ter uma personalidade introvertida e uma natureza solitária para explicar que falava pouco. Era verdade, e Ndey Joor sabia que ele era taciturno, mas nem sempre fora assim: Idrissa ficara mudo exatamente quando ela notara que ele estava se afastando do pai.

De qualquer forma, o drama havia continuado. A distância estava aumentando tanto que dava a impressão de não existir e de nunca ter existido. Idrissa ficava calado. Malamine trabalhava. Ndey Joor sofria. Mãe de um, esposa de outro, amiga de todos, ela sabia que o erro a não cometer de forma alguma era tentar acusar um ou outro. Ela não queria tomar partido de um nem de outro; queria continuar a amá-los da mesma forma, recusava-se a procurar um culpado para a situação. Mas nem sempre conseguia, e sempre ficava com raiva de si mesma quando a mãe prevalecia à esposa ou o inverso. E enquanto a separação tácita entre os dois homens de sua vida persistia, ela empreendia nela, contra ela, sua própria luta para permanecer mulher: nem esposa, nem mãe, nem confidente, nem amiga, mas ao mesmo tempo esposa, mãe, confidente e amiga. Ficava ora ao lado da cabeceira do filho, ora nos braços do marido, sempre entre os dois, que ela segurava pela manga de uma roupa imaginária para impedir que continuassem a se afastar e para forçá-los a se unirem a ela em um só abraço. Nem sempre conseguia, mas se recusava, em todo caso, a ceder ao desespero, à tentação da resignação, bem como àquela, também perigosa, da falsa esperança. Então ela se absteve de falar quando Malamine disse que Idrissa não parecia tocado pelo que o pai lhe dissera. Contentou-se simplesmente em se aconchegar contra ele, aproveitando o suave calor que a mão dele exalava em sua bochecha.

— Devo ser um péssimo pai, Ndey Joor.

— Proíbo você de dizer isso, Malamine. Quando você vai parar de se sentir responsável ou culpado por tudo o que acontece?

Ela falou sem raiva, até com uma certa amabilidade, que reforçava sua intenção. E ela tinha razão. Malamine se arrependeu na hora de ter dito aquilo.

— É, me desculpe. Vou falar com ele amanhã de novo. Vou tentar. Sou o pai dele, eu é que tenho que ir até ele. Posso não ser um excelente pai, mas acho que sou um bom pai, tenho o direito e o dever de ser próximo ao meu filho. Você tem razão, sempre teve razão: a gente se afastou. Faz tempo que não conheço mais meu filho.

— Ele cresceu, Malamine. E tanta coisa aconteceu nesse meio tempo. A guerra... a guerra estúpida, este regime estúpido, o cerco de Kalep: tudo isso pesa no coração, e não tem como os homens serem os mesmos, nem durante nem depois. A gente nem percebe a que ponto esses acontecimentos abalam a gente silenciosamente. O Idrissa cresceu, ele tinha acabado de entrar na adolescência quando tudo começou. Já é um homem, e já faz bastante tempo. Eu disse que ele cresceu mais rápido que todos. Olhe para ele quando come ou fala com você, ou lê, ou simplesmente quando está perdido em seus pensamentos. A sombra, o silêncio, a concentração, a triste seriedade no rosto dele: são de um homem maduro que não sabe o que está acontecendo com ele. É simples: ninguém explicou que ele estava crescendo. Ninguém o ensinou a se tornar um homem em tão pouco tempo. Ele foi obrigado a virar homem sozinho, com seus restos de infância, erros, arrependimentos, medos, ignorância, dores e segredos. Acho... acho que ele só precisa de alguém do lado dele, alguém para dizer que ser homem não é desistir do reino da infância.

Malamine não respondeu. Mais uma vez, Ndey Joor foi capaz de expressar verdades nas quais ele nunca tinha pensado, ou pelo menos verdades que ele tinha apenas sentido, de maneira dolorosa e confusa. Ele pensou numa época, cuja data lhe escapara, em que estava passeando em Kalep. Idrissa pulava, alegre, ao seu lado e fazia mil e uma perguntas às quais ele nem sempre sabia responder. Uma época que parecia nunca ter existido.

    Malamine inclinou a cabeça e a colocou sobre a cabeça da esposa. Pela primeira vez em muitos meses, ele não estava pensando no jornal, nos amigos, na Irmandade ou em Abdel Karim. Estava pensando em sua família, principalmente em Idrissa. Mas, acima de tudo, sentia-se profundamente triste e, apesar da presença da esposa, sozinho.

31

Estavam prestes a jantar quando bateram na porta. Malamine, naturalmente, na qualidade de chefe da família, foi abrir. Era Abdel Karim, acompanhado por três homens armados. O rosto do médico, numa fração de segundos, passou da serenidade à surpresa, da surpresa à raiva e da raiva ao ódio.

— *Assalamu Aleikum*, doutor Camara. Espero não estar incomodando.

— Estávamos nos preparando para jantar, capitão.

— Não vamos demorar.

— Por que vocês estão aqui, capitão?

— Só uma patrulha. Ainda estamos em busca de informações sobre o tal jornal. Sabe...

— Sim, sei.

— Você o leu?

— Li. Mas não tem nada aqui em casa, o abri por curiosidade no dia que apareceu na cidade, mas o deixei onde encontrei. Na frente da mesquita.

— Uma atitude que beneficiaria toda a população se ela a adotasse. Ainda assim, doutor, preciso fazer uma busca. Não duvido da sua palavra, estou apenas seguindo a lei. Fizemos isso nas casas de outras famílias, não tem por que não fazer na sua. Seria até injusto. Você nos permite?

— Sim, é claro.

— Ótimo. Com a sua permissão, meus homens vão entrar e vasculhar a casa. Vai levar alguns minutos. Estamos mais experientes com a prática, vamos diretamente aos lugares onde os traidores os escondem e acham que vão ocultá-los da verdade.

— Fiquem à vontade. Não há traidores aqui. Mas antes...

Abdel Karim, que estava prestes a acenar para que seus homens entrassem, interrompeu o gesto e olhou para Malamine com curiosidade. Este, como durante o primeiro encontro no hospital, olhou para ele com um ódio que mal conseguia esconder. Sua própria voz, que tremia um pouco quando ele falava, demonstrava seus sentimentos. O efeito que causava no médico divertia o capitão.

— Sim, doutor?

— Gostaria que seus homens deixassem as armas do lado de fora. Tenho filhos, a menina ainda é muito pequena.

— Ah, mas é claro, doutor — disse o capitão, com uma voz estranhamente suave, que parecia não ser a sua.

Ele acenou aos três milicianos que o acompanhavam. Deixaram as armas. Malamine se afastou. A patrulha, seguida por Abdel Karim e Malamine, entrou.

Ndey Joor Camara, assim que reconheceu a voz do capitão islâmico, pediu a Rokhaya que ficasse com ela e a Idrissa que não dissesse nada. Ele permaneceu sentado no sofá, com um ar absolutamente indiferente. Não se mexeu nem se virou quando os guardas entraram em casa. Estes, sem prestar a mínima atenção à família, como se ninguém estivesse presente, foram diretamente aos outros cômodos da casa, sem olhares ou saudações; dois deles ficaram no térreo, o terceiro subiu. Sozinho, adiantando-se a Malamine, Abdel Karim se dirigiu à mulher e às duas crianças.

— *Assalamu Aleikum*, Adja.

— Boa noite, capitão.

— Desculpe interromper um momento familiar tão importante, mas não vai demorar, prometo.

Ndey Joor Camara lançou um olhar calmo sobre o ombro do capitão e cruzou os olhos do marido, animados por uma chama de raiva. Sorriu para ele, como se quisesse acalmá-lo, antes de pousar os olhos em Abdel Karim, que continuava a encará-la estranhamente.

— Faça o que acha que é o seu trabalho, capitão.

— Meu dever, senhora. Meu dever.

Ndey Joor Camara não respondeu.

— Ah, realmente, estou vendo que vocês têm uma menina pequena — respondeu Abdel Karim, virando-se para Malamine, que estava alguns passos atrás dele. — Ela é linda, *mach'Allah*. Como se chama? Como você se chama, menina?

Rokhaya, que estava ao lado da mãe, olhou para ela com medo, como para lhe perguntar o que devia fazer. Ndey Joor simplesmente colocou a mão na cabeça dela, sorrindo.

— Não tenha medo, filhinha.

— Ah, então você tem medo de mim. Por quê? — perguntou Abdel Karim.

Rokhaya, olhando de novo para o capitão, lançou-o um desses olhares terríveis e acusadores que só as crianças sabem como lançar aos adultos.

— Você é malvado — disse Rokhaya.

— Ah, é? E quem disse isso?

— As crianças na rua.

— Ah, é? As crianças? E por que...

— Capitão, por favor, deixe minha filha em paz. É só uma criança.

Abdel Karim voltou-se para Malamine. Este continuou a olhar para ele com uma raiva que não escondia mais e que até parecia se intensificar com o passar dos minutos. O capitão examinou demoradamente Malamine e, em seguida, deu uma estranha risada. Malamine não vacilou. Abdel Karim olhou novamente para Ndey Joor e a menina. A pequena continuava a encará-lo com uma mistura de medo e ódio juvenil, o que conferia certo charme ao seu rosto de boneca.

— O que você fez com o Pothio? O que fez com todos os outros cachorros? — gritou Rokhaya.

A pergunta de Rokhaya surpreendeu a todos, e o próprio capitão ficou sem saber o que dizer por alguns segundos. Quando abriu a boca para responder, Idrissa, que ele ainda não tinha visto, imóvel e escondido pelo encosto do grande sofá, levantou-se de repente e virou-se para ele.

— Ah, então este é o outro filho. Eu bem que queria saber onde ele estava. Você é bem discreto, rapaz.

Idrissa não disse nada e continuou olhando para o miliciano. Abdel Karim notou em seus olhos a mesma raiva que vira no olhar de Malamine, mas, ao contrário do pai, cujos olhos ardiam, os olhos do jovem continham uma intensa frieza.

— Capitão, fale para os seus homens não bagunçarem as minhas coisas, por favor.

— Já acabamos, meu jovem. Esse barulho que vocês estão ouvindo não é de vandalismo. Estamos acostumados com as buscas, e tudo o que tiramos, colocamos de volta no lugar.

— Ótimo.

Ele não disse mais nada, pegou um livro da estante ao lado, sentou-se e começou a ler.

Abdel Karim olhou para Ndey Joor, pensando que ela tinha uma família estranha.

Ela parecia, na verdade, ser a única ilha de calma e serenidade da casa, e apenas em seus olhos ele não detectava o ódio, brutal no marido, frio no filho, divertido na filha, que sentia contra si assim que olhava para eles. Ela olhava para o capitão com uma espécie de compaixão, até mesmo piedade, com olhos doces e calmos, quase maternos. Ele ficou novamente perturbado, mas não desviou a cabeça.

Aqueles olhos... Ele tinha certeza de tê-los visto em algum lugar, talvez quando pequeno. Não sabia mais. No entanto, quando nele pousavam, ele tinha a nítida impressão, embora estranha, de que já havia sido olhado assim, daquela mesma forma, com a mesma serenidade inabalável. Mas onde? E por quem? Certamente não por sua mãe, ela tinha olhos duros que só pareciam se alumiar quando orava ou falava do marido, que tinha morrido combatendo em nome da Irmandade, cujos olhos eram como o do marido, pequenos e sem alma; talvez pelos olhos de uma das tantas tias que o criaram na infância, mas ele era incapaz de afirmar isso com certeza, pois não se lembrava mais dos rostos; quanto aos olhos de sua avó, eles eram doces, mas de outra doçura, a do véu da idade e da proximidade da morte, olhos de uma doçura melancólica e resignada: não eram esses olhos. Ora, onde tinha visto aquele olhar, tão calmo, tão imperturbável, tão reconfortante? As mulheres de que tinha gostado? Tinha amado apenas uma, uma vez, havia muito tempo, a única mulher pela qual tinha se apaixonado. Mas ele tinha sofrido tanto, ela o fizera sofrer tanto que ele conseguira, depois de tanto se esforçar com uma espécie de obstinação desumana, esquecê-la, esquecer suas feições, apagar as expressões de seu rosto, velar seu olhar. Em sua mente, ela não passava de uma silhueta distante e imprecisa, como a sombra no deserto, a miragem no oásis. Ele não conhecia mais o rosto da mulher que amara um dia. Isso fora antes de ele decidir se juntar à Irmandade, e talvez, se ela o tivesse amado, ele não estivesse lá, perguntando-se onde já tinha visto aqueles olhos que tanto o intrigavam.

— Pare de olhar assim para a mamãe!

Ele olhou, com o constrangimento de alguém que foi surpreendido cometendo algum ato culposo, para a menina que o subtraíra de seus pensamentos e fez uma mímica que não dava para dizer se era um sorriso ou uma careta. Depois, virando-se para o lado da casa de onde vinha o barulho que faziam seus homens quando vasculhavam, ele os chamou.

— Ainda falta a cozinha, capitão — disse um deles.

— Não precisa — falou o capitão, que já estava se virando em direção à saída. — Vamos embora.

— Mas pode ter alguma coisa lá — disse, quase protestando, o mais velho dos três milicianos.

— Sim — acrescentou o outro, praticamente sufocado pela barba. — Lembre-se, capitão, a família de ontem escondia dois jornais debaixo da geladeira, na cozinha. Talvez...

— Vamos embora — repetiu lentamente o capitão, sem se virar. Sua voz havia recuperado toda a sua tranquila dureza.

Os três homens, embora surpresos, não pensaram por um só segundo em responder e saíram rapidamente.

— Vou me despedir, doutor — disse ele, virando-se para Malamine, que parecia não ter se movido desde que a patrulha entrara em sua casa. — *Assalamu Aleikum*, Adja Ndey Joor.

— Boa noite, capitão.

— Diga-me, Adjaratou Ndey Joor... nem perguntei como estavam suas costas.

— Estão cicatrizando bem.

— *Alhamdoulilah*. Saiba que os culpados receberam o castigo que mereciam.

— Não era o que eu queria. Mas você fez seu trabalho, imagino.

— Meu dever. Boa noite, crianças, é uma pena que você não me disse seu nome, menina.

Rokhaya fez uma careta. Idrissa não reagiu e continuou a ler tranquilamente seu livro. O capitão, por quem seus homens, sentados na picape que os levara até lá, esperavam tremendo, dirigiu-se à saída.

Parou, de repente, a alguns passos da porta, como se um raio invisível o tivesse atingido, ou como se uma lembrança ou uma ordem repentina tivessem-no invadido, algo que havia esquecido de dizer. Malamine, que estava atrás dele, quase o atingiu.

— Esqueceu alguma coisa, capitão?

Ele não respondeu e permaneceu assim, tenso e espantado. Naquela postura, a grande altura, em vez de impressionar, chegava a ser ridícula. Parecia um palerma surpreso ao ver seu reflexo pela primeira vez num espelho.

— Capitão, algum problema? — Malamine repetiu.

— Não... não. Eu só estava vendo essa foto — disse ele, apontando para a imagem pendurada na parede, perto da porta. — É uma linda foto.

Em seguida saiu, apressado, sem dizer mais nada. Atrás dele, Malamine bateu a porta.

32

Alioune estava voltando da casa da mãe do menino de quem ele cuidara algumas semanas antes no hospital. O pequeno estava fora de perigo e já saltitava alegremente com as perninhas torcidas, exibindo orgulhosamente a barrigona. A mãe, profundamente grata ao jovem enfermeiro, o convidou para jantar, e Alioune aceitou de bom grado.

Era uma viúva corajosa cujo marido, soldado, havia sido morto durante os primeiros combates entre o exército regular e a milícia. Desde então, incapaz de deixar a província por causa dos ditames impostos pela Irmandade, ela tinha ficado em Kalep, esperando que um dia pudesse se juntar à família do marido, que vivia na capital. Fazia cinco anos que esperava o dia certo chegar, fazendo pequenos trabalhos aqui e acolá para alimentar e criar o filho sozinha. Alioune sentiu em sua voz, que vacilava imperceptivelmente assim que falava de partir, que ela havia se resignado, talvez mesmo sem perceber, a ficar em Kalep. Ela já não acreditava mais na ideia de que a província poderia, um dia, ser libertada do jugo dos islamistas, e menos ainda que poderia, um dia, com o filho, dizer adeus à terra na qual, a cada dia e cada vez mais, parecia se enraizar. Vivia modestamente num quartinho que alugava num grande aldeamento administrado por um rico homem de negócios da cidade, favorável à Irmandade. Alioune não precisou observar por muito tempo a morada da anfitriã para perceber que todos os elementos que compunham o cenário, de móveis a roupas, cortinas a lençóis, paredes a portas e janelas, exibindo a limpeza escrupulosa que às vezes é a decência suprema da pobreza, indicavam, todavia, os efeitos do desgaste do tempo e revelavam os tormentos de sua dona face à incerteza do amanhã e ao espectro da miséria. Como viúva de um militar morto em combate, ela não apenas teria de ter recebido uma pensão do Estado que a teria protegido da precariedade, mas também teria de ver o filho reconhecido como órfão da nação. Infelizmente, esses privilégios sinistros reservavam-se apenas às viúvas residentes na zona livre, ou seja, no Sul. Aquelas que tiveram o infortúnio de seguir os maridos na guarnição do Norte do país, e o infortúnio, ainda maior, de vê-los perecer, estavam condenadas a se virar sozinhas, deixadas à própria sorte. Desde as primeiras ofensivas dos milicianos, que, na época, estavam baseados no deserto para tomar Kalep dos militares, o marido, como se tivesse previsto seu infortúnio, tinha lhe dado todas as suas economias, dizendo-lhe "por precaução". No dia seguinte, havia morrido.

Sozinha e com meios limitados — o marido era apenas cabo —, assim que os milicianos chegaram às portas de Kalep, achara sensato deixar o alojamento oficial que ocupava com o falecido marido — cujo corpo nunca fora encontrado no deserto — para se mudar para o quartinho no sul da cidade, que com um pouco de sorte conseguira encontrar logo. Ela fizera bem: alguns dias depois, e após intensos confrontos cujos estigmas permaneceram em Kalep, os milicianos tomaram a base militar da cidade. As poucas famílias de militares que, otimistas, permaneceram na base, pensando que o exército iria prevalecer sobre a Irmandade, foram despojadas, espancadas e expulsas de suas casas pelos jihadistas, que lá se estabeleceram. Eles também se apossaram de uma grande parte da logística da divisão que estava lá hospedada, e isso era a cereja do bolo da pilhagem de guerra; os militares tinham sido forçados, devido à pressa com que tiveram de se retirar, a deixar todo o tipo de coisa para trás: armas leves, fuzis de assalto, caixas de munição e até mesmo algumas armas pesadas, que os milicianos ficaram muito surpresos de encontrar em seu novo reduto. Ainda assim, a divisão de Kalep lutara como pudera. Com cerca de quinhentos homens, aos quais outros mil deveriam se juntar numa data nunca especificada, ela tinha sido encarregada de controlar e supervisionar possíveis movimentos de tropas da Irmandade e transmitir as informações recolhidas às autoridades militares. Estas, com a infalível certeza que as tinha conduzido aos mais brilhantes êxitos, haviam profetizado que a Irmandade ainda estava muito desorganizada e fragmentada em pequenos grupos no deserto para que lançasse um ataque militar coerente e longo: julgaram que quinhentos homens, aos quais outros mil deveriam se unir em breve, bastavam para manter a segurança numa área civil e para repelir, ou mesmo neutralizar, alguns pequenos comandos amadores compostos de malucos com turbante no calor do deserto, a maioria dos quais nunca tinha pegado em armas. Os profetas, como todos os profetas, tinham ligeiramente se enganado e a guarnição de Kalep sofrera um ataque longo, organizado, meticulosamente preparado, certamente liderado por malucos com turbante, mas habilidosos, ágeis, disciplinados, conhecedores do terreno, indomáveis e imprevisíveis. Os milicianos dominavam a arte da guerra: de guerrilhas no deserto a ataques na cidade e atentados à bomba — quantos soldados perderam a vida ou um membro pisando em minas! —, de ataques solitários a surpresas noturnas, primeiro enfraqueceram e cansaram, moral e fisicamente, os soldados de Kalep, antes de lançar contra eles uma ofensiva final, longa, forte e implacável. Inferior em número, inferior em equipamentos, dominada taticamente, mal preparada, surpreendida e desorganizada, a divisão havia sido obrigada, após uma resistência cuja duração — três dias — certamente se devia mais à coragem e ao sentido de honra individual dos soldados do que a uma verdadeira organização tática geral, a bater em retirada para o Sul. Os milicianos os perseguiram, levando-os cada vez mais para o Sul, tomando diariamente novos territórios no Norte. Obrigaram o exército a frequentes retiradas, termo que, aliás, recusavam-se a empregar generais ventripotentes de queixo triplo, instalados na capital no fundo de alguma poltrona do Estado-Maior, a partir de onde, após pomposos conclaves decretados com urgência, inundavam o país de comunicados oficiais, circulares estranhas e mensagens reconfortantes. Falavam principalmente de táticas de retirada. Outros, mais pragmáticos, mais hábeis com a linguagem de crise, mais adeptos do famoso laconismo militar, até ousavam "retraimento". Era mais misterioso, mais ambíguo, menos claro. Mais marcial. Mais adequado ao espírito de corpo e mais benéfico à moral das tropas portanto. Enquanto isso, o exército fugia, recuava, se retraía e batia em retirada. Recebendo ordens tão múltiplas quanto contraditórias, seguindo estratégias arriscadas ditadas por alguns altíssimos oniscientes, lançando algumas contraofensivas desesperadas que transformavam aqueles que se engajavam em carne para canhão, esperando um reforço que estava eternamente a caminho, examinando em vão um céu que a ajuda aérea prometida nunca cruzara, a divisão, reduzida como pele de onagro a duzentos e sessenta e oito homens depois de uns dez dias de luta, tentava dar algum brio ao fiasco, obtendo algumas conquistas rapidamente esquecidas e dizimando o maior número possível de homens nas fileiras inimigas. Os milicianos, cujo número exato era desconhecido — entre dois mil e quatro mil, segundo algumas estimativas oficiais, oito mil segundo outras também oficiais —, perderam noventa e três homens em dez dias — estimativa oficial.

Ao cabo de duas semanas, a Irmandade havia tomado posse de toda a província do Bandiani e se preparava a tomar o Centro do país, bastião ideal para que em seguida pudesse assumir o Sul, a capital do Sumal e, por fim, todo o país. No início da terceira semana, os duzentos homens que restaram da guarnição de Kalep iam ceder Baka, uma das principais cidades do Centro do país, aos milicianos, quando os reforços finalmente chegaram. A cavalaria desembarcara. A força aérea assomara. Colunas de homens vieram em socorro, sob triunfais ares marciais, e o exército do Sumal fora finalmente capaz de repelir verdadeiramente os milicianos. No entanto, já tinham tomado o Norte, e agora era a algumas centenas de quilômetros ao norte de Baka, numa área que era uma espécie de linha de demarcação imaginária, no Sumal dividido em dois, entre um Norte islâmico e um Centro e um Sul ainda livres, que os combates estavam ocorrendo. Embora resistisse bem e até conseguisse repelir facilmente os ataques inimigos, o exército tinha dificuldade em ganhar terreno na direção do Norte. O adversário era bastante duro e bem posicionado, é preciso dizer. Depois de alguns meses de calmaria, os confrontos tornaram-se mais raros, cessando totalmente em certos períodos antes de serem retomados; cada acampamento parecia estar satisfeito, pelo menos temporariamente, com suas posições e conquistas, observando o outro enquanto polia armas e estratégias, com vistas a uma batalha final que todos pareciam esperar e também temer. A linha de demarcação oscilava, movia-se alguns quilômetros ora numa direção, ora noutra, inclinando-se ligeiramente a favor de um acampamento ou de outro por um tempo, mas basicamente nunca mudava. Negociações? Fora de questão: o governo do Sumal brandia o famoso refrão "não negociamos com terroristas" para justificar suas posições; quanto à Irmandade, ela não tinha nenhum refrão a brandir, a situação era muito mais simples para ela: servir a Deus até a morte.

Isso já durava quatro anos.

Quatro anos que Fanta Soumaré, a anfitriã de Alioune, vivia em Kalep na hipotética esperança de que a cidade, um dia, seria libertada e que ela poderia ir viver com os sogros na capital; quatro anos que os rumores de um ataque decisivo do exército circulavam, pelo menos semanalmente, entre os moradores de Kalep; quatro anos que esses rumores se mostravam todos falsos; que o Estado garantia fazer todo o possível para libertar os territórios ocupados o mais rápido possível; que prometia uma ação rápida e decisiva. Quatro anos e ela não acreditava mais nisso, achando que o melhor para ela era dedicar sua energia mais à sobrevivência do que à esperança.

Apesar de tudo, Fanta ficou contente naquela noite. A convalescença e, em seguida, a recuperação do filho devolveram-lhe o sorriso. Ela havia preparado para Alioune, a quem chamava de "filho salvador", um suculento cuscuz. Obviamente, ela não lhe dissera que tivera de se endividar para comprar uma carne de qualidade, embora Alioune, sem dizer nada, também estivesse um pouco ciente disso. E assim, por um belo pudor, mentiram um ao outro.

***

Kalep, apesar de tudo, ainda era uma bela cidade aos olhos de Alioune; uma cidade onde ele sempre gostava de andar à noite.

Obviamente, havia coisas destruídas, saqueadas, queimadas e nunca reconstruídas, e certamente a atmosfera, que é sem dúvida a medida mais precisa do caráter de um lugar, tinha mudado desde a chegada dos islamistas. Era verdade que as pessoas não saíam mais quando a noite caía, que o medo e a desconfiança haviam substituído uma forma de despreocupação e que o rigoroso véu da religião cobria a cidade, que perdera a atmosfera outrora alegre e animada.

Alioune foi o primeiro a reconhecer isso. Os passeios já não tinham o mesmo gosto. Onde, alguns anos antes, caminhava em meio a gritos, risos, exclamações, barulhos de festas e música vinda de discotecas, agora caminhava sozinho, no mais completo silêncio, encontrando de vez em quando algumas silhuetas medrosas, assombrosas. Kalep, com suas ruas desertas, era uma cidade triste. E se há cidades que se revestem de poesia e de um novo charme ao cair da madrugada, de seus desertos e silêncios, Kalep não era uma delas: era uma cidade que parecia bela apenas num tumulto permanente. Desse ponto de vista, Alioune assumia, a cidade já não tinha o mesmo rosto. A noite kalepense, como a natureza, abominava o vazio e também o silêncio. Naquela noite, sentiu uma estranheza ao percorrê-la, ao ver as grandes alamedas, outrora tão alegres, encherem-se de uma ameaça fria e calma. As ruas kalepenses tinham sido feitas para a maré humana, as vociferações, as buzinas, a explosão de vozes, as chacotas; tirar-lhe isso era tirar seu charme. Kalep não era uma daquelas cidades enobrecidas com um mistério prazeroso pela profundidade de uma noite sem barulho: ela vivia apenas de seus barulhos e por meio de seus barulhos, cheiros, ondas humanas. Com as ruas desertas, Kalep oferecia aos olhos apenas um ar fantasmagórico. As grandes ruas perdiam a majestade e o vazio tinha algo de ridículo; as avenidas se prolongavam sem fim, oprimindo o caminhante solitário que era

Alioune; as próprias ruas, cujas aberturas repentinas, desvios incertos e deliciosos, curvas desconhecidas, sempre prometiam alguma surpresa, tornavam-se banais e cinzentas: ele tinha a impressão de conhecer todas elas. Quando já não eram pisadas pelo gigantesco e costumeiro passo do povo, as ruas da cidade não tinham mais o charme de sua obsolescência, e sua energia e alegria desapareciam. Alioune caminhava devagar, sem rumo. A Irmandade, que tinha assassinado a alegria da cidade, a oferecia assim, nua e silenciosa, sem aventuras. Apesar disso, por lealdade e nobreza, ele continuava a caminhar por ela regularmente, procurando belezas escondidas em meio às ruínas. Kalep estremecia. A noite estava fresca sem estar fria, a lua, ligeiramente velada; a cidade estava banhada na morbidez, na apatia, sem alma, sem brilho, sem revolta. As grandes árvores, espalhadas aqui e ali e cujas sombras eram salutares durante o dia, dirigiam-se rígidas à abóbada celeste; os contornos escuros e a densa folhagem lhes davam o aspecto de um exército de gigantes marchando ou de sublimes mártires no ato da renúncia. Esse era o espírito de Kalep naquela noite: o de uma amante em lágrimas por ter sido já havia muito abandonada por seus amantes e aprisionada. Ele era um dos raros que ainda ousavam passear à noite. Pensar nisso lhe deu uma certa serenidade. Ele se sentiu fiel como um cachorro poderia ser, colocando a língua para fora e abanando o rabo. Fazia muito tempo que ele estava caminhando, sem dizer uma palavra, absorvido apenas pelo diálogo surdo com a cidade moribunda. Buscava a beleza e estava convencido de que Kalep, apesar de tudo, ainda era capaz de oferecer-lhe.

    Na verdade, havia algo que a Irmandade, apesar de todos os seus esforços, não podia, e nunca conseguiria, matar na cidade: sua memória. A memória da cidade, feita do que ela havia sido, dos barulhos antigos, do ruído das chuvas de cinco anos atrás, dos risos difundidos, dos cheiros aflorados. Essas coisas, o *ter-sido* de Kalep, suas lembranças, nunca desapareceriam, pelo menos enquanto os habitantes se recusassem a esquecê-las.

A verdadeira luta, para ele, era essa e sempre tinha sido essa. Qualquer guerra era, a seu ver, uma guerra pela memória, isto é, uma guerra a ser travada em nome da sobrevivência da memória. A guerra parecia-lhe ser aquilo que queria incessantemente apagar o passado, um tipo de vasta destruição não só das cidades, mas também de algo mais essencial no homem: da memória do que ele era, das alegrias que havia tido, das esperanças, dos tempos felizes. Era preciso recusar isso a todo custo. E não esquecer era tentar ver novamente, procurar, encontrar, no silêncio e na monotonia, os lugares dessa memória presentes num beco ou num banco, numa calçada ou em frente a alguma feira numa praça. Se esses lugares ainda existiam ou não, isso não era o essencial; o que era fundamental era que eles sempre permanecessem ou se reconstituíssem numa paisagem mental em que cada homem, individualmente, conforme sua experiência singular e suas memórias íntimas, constituía o quadro, as cores, os cheiros, o panorama. Assim, para Alioune, toda guerra parecia ser tanto uma resistência a uma máquina cujo único desejo é criar o esquecimento quanto uma luta contra sua própria tentação interna ao esquecimento. Toda vez que passeava pela cidade e se lembrava dos tempos passados, sentia-se invadido pela sensação de estar resistindo de outra forma, não com armas ou pela revolta direta. Estar em guerra, para ele, era simplesmente não aceitar a mutilação da memória, que o hábito da desgraça, do medo ou do desespero acabam infligindo. A tristeza não é a nuança fatal da nostalgia. Quando despojada do arrependimento, da melancolia e da amargura, não passa de leveza;

leveza e, sem qualquer contradição, extraordinária densidade do tempo da felicidade que volta.

Alioune tinha certeza de que, apesar dos pesares, por uma única razão a guerra poderia ser chamada de "bonita"[30]: porque permitia estimular as lembranças felizes. A morte tem apenas um terreno de caça: a vida. É preciso alcançá-la e ali, no próprio centro da existência, por meio da luta no presente e da luta pela memória, confrontá-la.

---

[30] "Oh, Deus! Quão bonita é a guerra." Guillaume Apollinaire, *L'Adieu du Cavalier* [A despedida do cavaleiro].

33

Cansado de não conseguir dormir, Malamine levantou-se e foi à sala ler um pouco. Talvez algumas páginas conseguissem, esperava ele, deixá-lo suficientemente cansado para que mergulhasse num sono tão calmo quanto o da esposa. Pegou um livro de uma das prateleiras, ao acaso — sempre fazia isso, deixando que o acaso decidisse o que leria —, e sentou de pernas cruzadas no tapete.

Lia, é claro, mas não entendia nada: as frases, as palavras, os parágrafos, a página, o texto todo, tudo oscilava, rodopiava e se misturava diante de seus olhos, formando uma espécie de magma informal, acinzentado e escuro, que o levava à vertigem. Lia repetidamente a mesma frase porque, quando chegava ao final da linha, recomeçava-a sistematicamente e a ruminava sem entendê-la. Ela lhe parecia absurda. Isso acontecia, na verdade, porque ele não percebia que a frase não acabava no final da linha e que, para entendê-la, teria que passar para a próxima linha, onde ela continuava e ganhava todo o seu significado. Mas ele tinha esquecido que precisava mudar de linha.

Acabou fechando o livro que havia aberto, depois sentou-se na mesma posição no chão, com a cabeça entre as mãos. Os eventos da noite tinham-no deixado esgotado; ele sentia, ao mesmo tempo, a tristeza provocada pela conversa com o filho, a solidão que o corroía e da qual ele ignorava a fonte, o medo de não ser capaz de cumprir seus compromissos e a extrema raiva que a visita inesperada de

Abdel Karim despertara nele. Ele sempre se surpreendia por sentir tanto ódio por esse homem, como se bastasse que ele estivesse ali, que o visse, para que imediatamente se tornasse outro, estranho a si mesmo, ao seu próprio corpo, às suas próprias emoções.

Entretanto, a conversa que tivera com Idrissa era a principal causa da insônia.

Ele tinha sido covarde demais para abordar o assunto que, em todos esses anos, os afastava inexoravelmente. Ele não conseguia falar nada sobre Ismaïla. No entanto, fora ele quem os separara. Fora precisamente na época de sua partida que começara o afastamento com o segundo filho. E Malamine, de novo, fora o responsável por tudo isso: pela solidão progressiva de Idrissa, na qual ele acabara se retirando, pelo afastamento dos dois, por tudo. Ismaïla tinha partido, também por culpa dele. Idrissa merecia explicações, que o pai nunca tivera a força e a coragem de dar. No entanto, ele teria gostado apenas disso: dizer-lhe que o responsável era ele. E que ele sabia disso.

***

Foi há cinco anos. A Irmandade ainda estava no deserto. Kalep, embora os boatos de um ataque islâmico iminente circulassem pouco, e os movimentos de tropa da guarnição tivessem começado a ficar cada vez mais agitados, ainda estava bastante animada e, acima de tudo, livre. Rokhaya tinha acabado de fazer quatro anos, Idrissa tinha doze, Ismaïla, dezessete. Era quase um homem. Mas Ndey Joor e ele não estavam felizes: o estado do filho mais velho os preocupava. Fazia dois anos na verdade, ou seja, desde os quinze anos, que Ismaïla se trancava cada vez mais em seu quarto, não falava quase com mais ninguém e estava visivelmente emagrecendo. No entanto, ele não era infeliz nem triste: era um menino sorridente, educado, engraçado e espirituoso; quando saía do isolamento para se envolver nos assuntos diários da família, essas características de sua personalidade reverberavam intactas, como se nunca as tivesse perdido, como se a forma repentina e misteriosa de ascetismo a que ele se entregava não o afetasse. No início, Ndey Joor e ele não ficaram alarmados, pensando que a propensão à solidão era fruto de alguma paixão nova de Ismaïla: sabiam de seu amor pela leitura e supunham que ele estava ocupado com um grande ciclo de leitura, ou mesmo, quem sabe, que havia começado a escrever, daí as reclusões cada vez mais frequentes. Mas não foi uma atitude passageira. Durou semanas, depois meses e, por fim, um ano. No começo, não lhe perguntaram o que ele estava fazendo, preferindo deixá-lo com suas experiências, esperando que um dia, contudo, ele se abrisse para eles. No início, Ismaïla não se abriu. À mesa, quando voltava da escola — era a época em que a escola francesa ainda funcionava — ou durante as férias, em suma, em todas as ocasiões em que a família se reunia, ele se comportava normalmente, rindo, fazendo provocações, dizendo coisas engraçadas. Mas nunca falava sobre o que fazia trancado horas a fio no quarto, como se ele mesmo esquecesse que sua atitude era estranha.

    Um ano se passou assim. Ndey Joor e ele estavam mais intrigados do que preocupados na verdade.

    Até que Ismaïla fez dezesseis anos. Foi então que as coisas realmente começaram a se agravar.

    Ismaïla perdia o apetite, falava cada vez menos, fechava-se cada vez mais, e em seu rosto via-se as marcas de longas noites de vigília. Os olhos avermelhados e o olhar sombrio e cansado traíam tormentos internos, que algumas rugas precoces na testa acabaram confirmando. Em um ano, ele envelheceu. Sem dúvida, cansado pelas noites que passava acordado, começou, cada vez com mais frequência, a não ter mais sono e a faltar na escola; seus professores, que sempre tiveram grande estima por ele, ficaram preocupados e foram conversar com Ndey Joor e ele. Quando finalmente falaram com ele sobre isso, ele não disse nada, contentando-se em ouvir em silêncio, com um ar atordoado, à repreensão que ouvia. A única coisa que, até então, fazia dele alguém agradável, sua alegria natural, começou a desvanecer e, alguns meses depois, desapareceu. Ismaïla ficou afásico e sisudo. Olhando para ele, parecia que um véu cobria seus olhos e que estes, virados para dentro, tinham consideração apenas pelo misterioso experimento que ali se desenrolava, e em cujo segredo ele se fechava. A transformação física, solidária à da alma, aumentou: nos olhos cansados, um brilho perturbador apareceu; ele deixou a barba crescer e os finos ombros se prostraram. Começou a se vestir apenas com túnicas compridas que o cobriam até os tornozelos e faziam com que parecesse um fantasma. Não ria mais. Até Idrissa, antes seu cúmplice, começou a olhar para ele com medo. Quantas vezes Idrissa tentou entrar em seu quarto para ver o que estava acontecendo e quantas vezes foi expulso da soleira da porta com um olhar frio, uma reprovação rude, um gesto brutal? O quarto ficava fechado, inacessível a todos, mesmo à própria mãe, que havia meses não conhecia o estado do cômodo. Primeiro, pensaram que ele estivesse envolvido em algum consumo ilícito ou tráfico suspeito, mas não era o caso: Ismaïla sempre fora asmático e alérgico a qualquer forma de fumaça, principalmente a do cigarro. Quanto a ser um receptador ou contrabandista, Ismaïla teria que estar no núcleo de uma rede, ser conhecido, frequentado; mas fazia um ano que estava enclausurado em sua solidão, não saía com mais ninguém, não via mais ninguém, parecia não conhecer mais ninguém, nem mesmo seus ex-amigos, que eram espectadores de sua metamorfose. Eles confirmaram que na escola ele também estava sempre sozinho, com um olhar estranho, sentado no fundo da sala de aula ou num canto do pátio. Os amigos acrescentaram que Ismaïla tinha como únicos companheiros alguns livros misteriosos que escondia correndo quando eles se aproximavam.

Ismaïla mudara tanto em tão pouco tempo que Ndey Joor e ele, Malamine, não puderam fazer nada, pois, num primeiro momento, de tão surpresos, foram incapazes de reagir. Talvez tenha sido o primeiro erro deles, o primeiro erro dele, o primeiro de uma longa série. Se ele tivesse sabido como reagir desde o início, poderia talvez ter combatido o mal pela raiz. Mas não foi capaz. Não soube como. O mal havia emergido e crescido diante de seus olhos insidiosamente, visível, mas fugidio como um espectro, óbvio, porém escondido e dissimulado.

Na época em que decidiu, após uma conversa com a esposa, reagir, talvez fosse tarde demais.

Um dia, decidiu esperar o filho na saída da escola. Queria que conversassem sozinhos, longe dos olhares preocupados ou assustados da família. Sugeriu que andassem até o cemitério, um dos lugares mais tranquilos da cidade. Andaram em silêncio. Ele, preparando internamente o discurso que faria ao filho; este, totalmente impenetrável, a barba eriçada, os olhos afundados em suas órbitas e envelopado num sinistro bubu preto, que lhe dava o aspecto de um coveiro. Foi durante essa marcha silenciosa que ele mediu, talvez de maneira mais aguçada, a metamorfose que havia ocorrido com o filho. Outrora, quando ele era criança, e até os doze anos de idade, eles iam passear por aquelas bandas, e dessas excursões nascia sua cumplicidade: brincavam, conversavam, Ismaïla lhe fazia perguntas pertinentes à sua idade, lhe pedia conselhos sobre como se relacionar bem com as meninas, lhe dizia que mais tarde seria professor para ensinar os jovens a serem responsáveis, e tantas outras coisas, cujas lembranças lhe pareciam distantes agora. O adolescente que caminhava ao seu lado tinha virado um estranho.

Ele começou a falar quando se aproximaram do cemitério:

— Ismaïla, precisamos conversar.

— Estou ouvindo, pai.

— Sua mãe e eu estamos preocupados. Todo mundo está preocupado com você. Seu irmão, seus amigos, seus professores. Até sua irmãzinha, que só tem três anos, tem medo de você. Sua mãe e eu também estamos com medo. Não de você, mas por você.

Ele não respondeu e continuou a andar com a cabeça baixa. Quando Malamine começou a se perguntar se ele tinha escutado, ele começou a falar. Sua própria voz parecia ter mudado, como se as palavras que ela pronunciasse não fossem dele, como se tivesse permanecido tanto tempo apagada que ele não sabia mais falar. Era uma voz surda, rouca, habitada. Foi assustador escutá-la.

— Não vejo por que preocupo vocês, pai. Estou muito bem, *Alhamdoulilah*. Deus cuida de mim e O agradeço por isso. Eu realmente não sei por que vocês estão preocupados.

— Você está fingindo que não quer entender o que estou dizendo ou que não está vendo? Será que você é o único que não vê que está se destruindo? Sua mãe e eu não aguentamos mais. Não podemos mais ficar sem fazer nada enquanto você está morrendo, talvez lentamente, trancado no quarto. Olhe para você. Seu estado. Seu corpo, suas roupas. Você parece... você parece morto...

— Não é verdade, pai...

— Ismaïla, como você ousa...?

— Por favor, pai, não me interrompa. Eu respeito você, como respeito todas as criaturas de Deus na Terra, mas Deus nos ordenou que falássemos a verdade e o que você diz não é a verdade. Você está me julgando pela minha aparência exterior. Você não sabe, você, pai, que a vida interior é a mais importante? Você desconhece os benefícios da meditação, do pensamento voltado a Deus, você, pai? Você acha, e todos vocês acham, que estou ficando louco ou que estou definhando. Vocês acham que não vejo vocês. Mas eu vejo. Não achem que é porque vivo minha fé e tento me aproximar de Deus que não vejo seus olhares quando passo, olhares assustados como se eu fosse uma peste, que não vejo suas atitudes de medo, seus sussurros. Vocês temem a esse ponto aquele que se volta interiormente a Deus e dedica sua vida a Ele? Por que aqueles que aspiram à Verdade são evitados, temidos, odiados?

Ele não conseguiu dizer nada. O filho continuou:

— Vocês acham que estou me destruindo. Pelo contrário, nunca estive tão forte e em paz comigo mesmo. Sou servo e escravo de Alá. Só a Vontade de Alá pode me destruir. Não se preocupem comigo, estou nas mãos de Deus, como todos vocês, como todos nós, como tudo na Terra.

— Mas o que aconteceu com você, Ismaïla?

— Fui salvo.

— Por quem? Quem salvou você? Quem colocou essas coisas na sua cabeça? Você ainda é jovem para essas coisas...

— O amor de Alá não tem idade. A pureza do coração não

tem a ver com adultos, idosos ou crianças. A Fé é um fogo que pode iluminar todos os corações e salvar todas as vidas.

— Quem disse isso? Quem?

— Ninguém além do próprio Alá, meu pai. Ele falou comigo, eu O ouvi no meu coração.

Sua voz se elevou, vibrou, seu olhar brilhou. Ele parecia, naquele momento, ter voltado à vida, mas a uma outra vida, animada por outros fogos.

— Ismaïla, pense no seu futuro, na sua mãe.

— Penso no meu Senhor, pai. É o meu futuro, o único que tenho.

— Você tem ideia do que está fazendo? Está acabando com o seu futuro por coisas que você não entende...

— Se não entendo, é culpa de quem? O que você me ensinou sobre Deus? O que você me ensinou sobre religião, além de alguns versículos que eu recitava automaticamente para orar? Mas isso não quer dizer entender. Recitar sem entender a palavra divina, regurgitá-la sem entender a verdade, a beleza, o brilho, a paixão, o amor, o que é, senão um pecado? Vamos lá, o que você me ensinou sobre Deus? O que você me disse sobre Ele? Responda, pai, responda. O que você me ensinou? Você diz que é muçulmano e que adora a Deus. Mas o que me disse de verdadeiro? Já me falou da salvação? Do Alcorão? Do profeta? Do significado da oração? Você realmente sabe tudo isso ou apenas finge, como todas as milhares de pessoas que dizem ser crentes, mas que são apenas sombras, executando atos sem entender nada sobre a verdade e a beleza por trás deles? Sim, é isso. Você só trapaceia. Finge. Imita. Nem sabe o que é realmente orar, nem tem ideia do que é ler o Alcorão e ser um verdadeiro muçulmano. Não tem nenhuma força interior, como muçulmano, e Deus é tão estranho para você como todos os muçulmanos que você acha que são seus irmãos. Vocês todos estão mentindo, e a culpa de vocês é mais grave ainda porque vocês a cometem...

— Ele o esbofeteou. O gesto escapou. Ismaïla, no entanto, continuou, sem abrir mão da calma.

— Você pode me bater o quanto quiser. A verdade que digo vai machucar mais do que qualquer tapa que você possa me dar.

— Me perdoe, Ismaïla, eu...

— Perdoei você no momento em que você levantou a mão. Orei por você porque sei o que o move. A raiva, instrumento de Satã, nos espreita todos os dias, o tempo todo, e é difícil resistir a ela, a não ser que construamos em nós uma cidadela protegida por Deus.

Ele parou, virou o rosto para o céu, fechou os olhos e pareceu orar. As sombras começavam a se esparramar no chão. Ele ficou ali olhando para ele como se não o reconhecesse. Era seu filho? Onde estava seu filho, aquele com quem ele passeava? Para onde ele tinha ido? Quando se fora? Por que ele não o detivera? Olhando para ele naquele momento exato, virado para o céu, tinha a impressão de que já o havia perdido.

— Ismaïla...

Quando olhou para ele de novo, o rosto dele estava banhado em lágrimas.

— Ismaïla, você está chorando...

— As alegrias proporcionadas por Alá são medidas apenas pelas lágrimas. Sou um homem feliz e sereno, pai. E assim permanecerei, pai, quer você goste ou não. Este é o meu presente e meu futuro. Deus é minha vida.

— Não faça isso, meu filho...

— Já está feito, pela graça de Alá. Junte-se a mim. Venha.

— Sua mãe pode ter um infarte...

— Chega de me incomodar falando da minha mãe. Fiz minha escolha. Se você a respeitar, ela a respeitará.

— Você está se perdendo, filho. Não posso ficar indiferente a isso. Sou seu pai. Se essa palavra ainda tem algum significado para você, e se você ainda tem algum respeito e consideração por mim, me obedeça e abandone os caminhos obscuros que você está seguindo.

— O quê? Você se atreve...

— Não questiono sua devoção. É um caminho nobre e, se seu coração o inclina a seguir esse caminho, não tenho direito algum de me opor. Mas se o amor de Deus deve fazer você esquecer o amor dos seus, virar devoto é um crime. Amar a Deus é amar os homens, não se separar deles.

— Quem está falando em não amar mais vocês? Pelo contrário, é para amar mais vocês, salvar vocês, que me volto a Alá.

— Mas você está se afastando da sua família e não está percebendo isso. Você não fala mais, não diz mais oi, não percebe mais a nossa presença, não come mais. É essa sua maneira de amar aqueles que continuam amando você?

— O caminho para o Senhor é uma longa solidão. Mas eu não me esqueço de vocês. Quando a hora chegar, vocês estarão comigo.

— Você ainda é jovem, não sabe o que é isso.

— Sei exatamente o que é isso. Você acha que eu me dediquei a que nos últimos meses? A ler. A aprender. A entender. Estudei árabe, li tratados teológicos inteiros, li o Alcorão, entendi cada um dos seus versos. Aprendi de cor a Suna, e aprendi milhares de *hadiths*, meditei.

— Veja só aonde isso levou você. Não é isso o amor de Deus.

— Mas contribui para esse amor de qualquer forma.

— Olhe só você, nem parece feliz. Mas é assim que deveria estar ao se aproximar de Deus.

— Você ainda está me julgando pela minha aparência, meu pai. Meu coração está transbordando de felicidade.

— Você mudou, Ismaïla. Estou profundamente decepcionado.

— Tomei outro rumo. Você deveria se orgulhar de eu ter me voltado a Deus.

— Não dessa forma.

— Não tem outra forma.

Ele cuspiu em seus pés e foi embora. Daquele dia em diante, nunca mais falou com ele, nem sequer olhou para ele. Esse foi seu segundo erro.

Os meses que se seguiram foram muito difíceis. À atmosfera da casa, cada vez mais detestável, somava-se aquela, igualmente pesada, da cidade, atravessada e envenenada por boatos. As manobras da guarnição, cada vez mais repetidas, deixavam pairar o espectro da presença dos islamistas não muito longe do deserto. A eventualidade de um ataque, a perspectiva de combates, a incerteza dos amanhãs, acrescentadas às declarações pouco claras do governo sobre a situação, contribuíam para a confusão de uma situação que parecia cada vez mais insustentável e imprevisível.

Muitas famílias, por precaução, tinham deixado Kalep e ido para o Centro ou o Sul do país. Uma forma de psicose tinha se instalado, desacelerando todos os serviços, viciando Kalep.

Ndey Joor e ele pensaram na possibilidade de deixar Kalep, mas seu trabalho o impedia: pedir transferência teria exigido um procedimento demorado que, além do mais, quase certamente não resultaria em nada, porque, após as muitas migrações, o governo se recusava agora a permitir que os profissionais com alto cargo na função pública deixassem a província do Bandiani e a abandonassem mais exangue do que já estava. Decidiram então ficar em Kalep, independentemente do que acontecesse.

A relação com Ismaïla não progredia. Depois daquele dia em que discutiram, não falou mais com ele, ignorando-o completamente, deixando a Ndey Joor a dura pena de tentar chamar o filho à razão, que não era mais receptivo aos argumentos da mãe do que àqueles do pai. O fato era que a situação do filho mais velho só piorava. Ele não se esforçava mais para parecer sociável, tinha parado de ir à escola — da qual, aliás, metade dos professores havia migrado — e se trancado dias inteiros no quarto, deixando-o apenas para comer ou ir ao banheiro para fazer suas abluções ou necessidades. Às vezes, ficava sem comer o dia todo. Ele se condoía de Ndey Joor e as crianças; estavam sofrendo com a situação. Ela, habitada pelo inabalável instinto materno, tentava, todos os dias, falar ora com Ismaïla, que não a ouvia mais, ora com ele, para que parasse de ignorar o filho e, em vez disso, se esforçasse para ajudá-lo. Mas o orgulho e a raiva eram mais fortes. Ele continuou a ignorar Ismaïla, que, aliás, parecia não se importar nem um pouco. Quanto ao segundo filho, Idrissa, ele parecia perdido e sempre olhava para ele com um ar de incompreensão e angústia diante dessa situação que o entristecia. Idrissa via os dois homens em cuja companhia tinha crescido, que tinham sido seus cúmplices, virando-lhe as costas. Pedia ajuda, explicação, consolo, todos pedidos de socorro que nunca foram atendidos. A mãe, ocupada tentando salvar Ismaïla e a convencê-lo, ele, a não o abandonar, não lhe dedicava muito tempo. Quanto a ele, Malamine, o desprezo por Ismaïla era tal que ele até relutava em falar sobre isso. Seu terceiro erro foi achar que Idrissa queria saber o que o irmão mais velho estava se tornando: o que ele realmente queria era talvez receber menos explicações e ser mais tranquilizado, reconfortado, sentir-se menos sozinho frente a tudo isso. Mas ele não fez isso. A situação persistiu. Ismaïla fez dezessete anos.

O drama aconteceu numa noite.

Eles tinham acabado de jantar, no mesmo silêncio pesado dos últimos meses, quando Ndey Joor, incapaz de continuar a suportar a situação, desatou a chorar. Ela se debulhou em lágrimas, insensível às tentativas de acalmá-la. Gritou que era injusto, que Deus estava perseguindo a ela e sua família, que ela não sabia o que tinha feito para merecer isso e que preferia morrer a viver numa família em que pai e filho não se falavam mais. Foi uma crise repentina, terrível, demorada e cada vez mais intensa enquanto durou. Ele não soube o que fazer: Ndey Joor começou a gritar, a berrar, a arrancar os cabelos. As crianças estavam lá, estupefatas e assustadas. Apenas Ismaïla ficou imóvel, assistindo quase serenamente ao espetáculo da mãe histérica. Ele ainda se lembrava das lágrimas de Rokhaya, que se agarrava a Idrissa, cujo olhar assustado ia de sua mãe para ele e dele para Ismaïla, que não se movia ao seu lado. Ndey Joor teve, então, convulsões violentas e acabou desmaiando em seus braços. No início, desamparado, ergueu os olhos em busca de ajuda e viu apenas os filhos. Idrissa e Rokhaya estavam aterrorizados. Ismaïla estava calmo. Ele olhou para ele por alguns segundos e, em seguida, voltando a si, pela primeira vez em muitos meses, dirigiu-se a ele.

— Venha me ajudar a levar sua mãe para a cama. Vou cuidar dela. Idrissa, cuide da sua irmã. Subam e fiquem lá em cima, e me esperem.

Idrissa e Rokhaya obedeceram. Ismaïla não se mexeu. Ele

pegou Ndey Joor pelas axilas, esperando que o filho a levantasse pelas pernas. Mas Ismaïla não se mexeu.

— O que você está esperando? Eu disse para você me ajudar a levar sua mãe para a cama.

Ele nem olhou para ele enquanto lhe falava.

— Não sei se posso...

Ele achou não ter entendido bem.

— O quê?

Dessa vez ele olhou para ele, com uma expressão de incompreensão.

— Não sei se posso — repetiu Ismaïla, com a mesma calma.

— Se você pode o quê?

— Se posso ajudar a carregar a mamãe, se posso tocar nela...

— Como assim, se pode tocar nela?

A incompreensão deu lugar ao medo, bem como a uma pitada de raiva.

— Não sei se posso. Já faz um tempo que não quero ter nenhum contato carnal com uma mulher. Mas não sei se isso se aplica à minha própria mãe. Não tenho certeza...

Malamine ficou tão desconcertado que quase derrubou Ndey Joor, cuja cabeça quase bateu com força no chão. Ele olhou para o filho, em quem não reconhecia mais nada; desgosto, repulsa, desejo de vomitar, tudo se contorcia no fundo de seu estômago. Ele, Ismaïla, não se mexeu. Os braços ao longo do corpo, os olhos o encarando sem piscar, toda a silhueta emitindo uma calma de uma violência que era insuportável para ele.

— Ismaïla, é...

Ele não teve tempo de terminar. As lágrimas caíram de seus olhos ao mesmo tempo que a náusea irrompeu. Ele vomitou ao lado do corpo da esposa, que, perto dele, recebeu gotículas no rosto. Saiu em golfadas, em jatos dolorosos, tão dolorosos que teve a impressão de que, a cada jato, suas vísceras torciam-se tanto que pareciam estar rompidas.

— É minha mãe, eu sei. Mas não sei se posso, não li nada sobre isso...

Malamine, naquele momento, sentiu uma mãozinha pousando no ombro. Idrissa tinha descido, sem dúvida alertado pelo barulho que fizera quando vomitara.

— Suba e cuide da sua irmã, Idrissa, está tudo bem. E você, saia da minha casa e não volte nunca mais. Banido seja, amaldiçoado seja, desonrado seja. Vá embora e vá morar com o seu Deus. Não quero mais ver você, você não é mais meu filho. Vá para o seu quarto, pegue suas coisas e vá embora daqui. Desapareça da nossa vida. Você não faz mais parte dela.

Ele se lembrou de ter dito isso calmamente. A garganta doía, o estômago doía. Fios de baba pendiam da boca e espuma se formava nos cantos dos lábios.

— Papai, não, isso não, eu...

— Eu disse para você subir, Idrissa. Esse homem não é mais seu irmão. Ele está indo embora.

Foi seu quarto erro.

— Obrigado, Senhor, por ter facilitado as coisas para mim — disse Ismaïla quando o irmão estava subindo. — Eu ia sair de casa algum dia de qualquer maneira. Vou para o deserto. Vou me alistar na Irmandade. Vou fazer parte da Irmandade. É o meu destino, é onde Deus está.

— Vá para onde quiser. Mas saia e não volte nunca mais.

— É uma pena que tudo termine assim. Mas se é a vontade de Deus, a respeito.

Ele não respondeu e se contentou em olhar para ele com desprezo. Em seguida, apoiou a esposa nos ombros, virou as costas àquele que estava à sua frente e se dirigiu para o quarto. Antes de entrar, ouviu sua voz.

— Adeus, papai. Que Alá proteja você e proteja todos vocês. Diga à mamãe que a amo.

Ele não se virou e entrou no quarto. Foi a última vez que viu e ouviu o filho mais velho. Este, antes de ir embora, sem dizer uma palavra, abraçou demoradamente o irmão mais novo, Idrissa, e deu um beijo na testa da irmã mais nova, Rokhaya, que estava aterrorizada, chorando.

Quando, algumas horas mais tarde, Ndey Joor acordou, Malamine lhe contou o que havia acontecido e ela chorou até o amanhecer.

Dois dias depois da partida de Ismaïla, o exército colocou arame farpado na fronteira com o deserto para evitar a ameaça fundamentalista. Era tarde demais.

Durante um ano não tiveram notícias dele. Nenhum sinal de vida. Ismaïla tinha partido. Procuraram-no entre aqueles que tomaram Kalep e expulsaram o exército, interrogaram alguns milicianos mostrando-lhes sua foto: nada. Ismaïla simplesmente desaparecera no deserto. Tinha morrido durante os primeiros combates? Tinha perecido no deserto? Tinha sido designado para outra facção da Irmandade, em outro país? Não faziam ideia. Acabaram, um a um, resignando-se à ideia de que ele estava morto.

E fora ele, Malamine, quem o matara. Essa culpa nunca o deixara e nunca o deixaria. Ismaïla tinha ido embora e morrido, e ele era o grande responsável. Era por isso que Idrissa o olhava assim.

34

Nunca se sabe a medida exata do quão qualquer guerra também é, talvez principalmente, um empreendimento de destruição, considerando a alteração que provoca na linguagem. Obedecendo às paixões de uns e outros, a linguagem serve às suas retóricas, antagônicas em seus propósitos, gêmeas pela semelhante subserviência à violência.

Assim, qualquer guerra, pior do que uma alteração da linguagem, por ser sua alienação pura e simples, torna-se, consequentemente, fundamentalmente, um atentado à Verdade.

35

Em nome de Deus, o Todo Clemente, o Todo Misericordioso.

Chegamos ao fim de mais um dia e ainda não consegui encontrar os autores do jornal. Estão bem escondidos e são cuidadosos. Nem os longos interrogatórios, nem as buscas sem aviso prévio, nem mesmo as ameaças de represálias exemplares cometidas na província, ou seja, nos lugares públicos comuns, conseguem desmascará-los. O jogo será mais demorado do que eu esperava. Para mim é um prazer, é claro; quanto mais difíceis, mais valiosas ainda são as provações do Senhor. Vamos encontrar os renegadores da fé. Vou encontrá-los e vou puni-los. No fundo, tanto faz se os moradores da província cooperem ou não, denunciem ou não, os protejam ou os traiam; tanto faz se conhecem ou ignoram sua identidade: vou encontrá-los sozinho se for preciso. Já fiz o juramento e o reitero aqui. Que Deus seja testemunha disso.

Vou agir logo.

O que me surpreende, porém, é a tranquilidade dos moradores apesar das ameaças e das promessas de recompensas. De que lado estão? O povo ainda está obedecendo aos seus instintos e isso é perigoso. Tudo o que achávamos que havíamos despertado em cada um deles, em termos de fé, fervor, paixão, amor a Deus, pode se dissipar, se quebrar, voar com o vento, se desfazer, secar como secaria a pele velha de uma cobra após a muda. Nessas horas, a massa parece se esquecer de tudo e só pensa em seus interesses. Esse é o perigo. Precisamos desconfiar, sempre desconfiar, mesmo quando achamos que a domamos.

***

Mas aconteceu algo excepcional hoje à noite, há pouco. Agora já sei. Sei por que, na primeira vez que encontrei essa mulher, tive a sensação de tê-la visto antes. Descobri por que me sinto meio embaraçado quando a vejo. Agora sei por que ela causa esse efeito tão estranho em mim. São os olhos dela. Já os vi antes, estão impressos nas minhas lembranças. Como esquecer esse olhar? Sei que é a mãe dele.

Adjaratou Ndey Joor Camara é a mãe de Ismaila Camara. Tenho certeza.

Talvez tenha sido essa evidência escancarada que me impediu, antes, de fazer a ligação: de tão próximas, algumas luzes transformam a clareza da mente em cegueira completa. Bastava refletir, cavar na memória, me concentrar. Mas, sem dúvida, eu estava perturbado demais pelo olhar dessa mulher para pensar de verdade na origem do que me perturbava. Agora eu sei, e fiquei tão surpreso há pouco que imagino que o doutor Camara ou, pior, a própria Ndey Joor Camara tenham notado meu espanto. Os olhos dessa mulher são os mesmos que os de Ismaila. Tenho certeza.

Foi Ismaïla que vi, há pouco, na foto pendurada na casa da família Camara. Foi ele que vi, sorrindo, com o braço no ombro do pai. Não tenho dúvidas quanto a isso. Aliás, como eu poderia esquecer o rosto desse rapaz?

Ismaïla... Ismaïla e seu ar espectral. Ismaïla e seus olhos perdidos no céu. Ismaïla e seu olhar, seu mistério, sua juventude insolente, sua fé, sua erudição. Ele passou pela minha vida como uma estrela cadente numa noite clara da estação seca. É por isso que nunca vou me esquecer dele. E se não o reconheci imediatamente em sua mãe, foi porque me pareceu tão incongruente que ele pudesse ter uma família ainda viva que, nem por um segundo, eu pude imaginar que ela existia, Deus é testemunha disso. Ismaïla *parecia ser um desses seres sem qualquer tipo de laços, sozinho, dessas solidões terríveis e preservadas.*

Parecia que ele tinha surgido do nada, como se uma das dunas do deserto tivesse o dado à luz, no dia que o vi pela primeira vez. Estávamos acampados a uns cem quilômetros ao norte de Kalep. Eu tinha acabado de ser promovido a chefe da polícia islâmica e tínhamos começado a treinar para o ataque decisivo a Kalep e à província. Tivemos alguns êxitos militares, fomos bem-sucedidos em algumas operações que, de tão rápidas e imprevisíveis, desestabilizaram os homens da guarnição de Kalep e começamos a abalar a moral deles. Nossos homens estavam confiantes, Deus estava conosco e nos mostrava os sinais todos os dias. Depois de anos nos enterrando no deserto, anos tentando forjar um exército digno de uma guerra santa, anos recrutando e treinando homens que nunca tinham pegado armas em suas vidas, estávamos finalmente prontos e a vitória nos tinha sido prometida. Os soldados da guarnição de Kalep, embora corajosos, não eram numerosos o bastante e pecavam, sem dúvida, por excesso de confiança. Tínhamos certeza de que iríamos ganhar. Eles voltavam de mãos vazias das expedições no deserto: dominávamos essas extensões de areia melhor do que eles, suportávamos o calor melhor do que eles, nos protegíamos de suas miragens e seus mistérios melhor do que eles. O deserto era nossa morada e vivemos lá por tanto tempo que conhecíamos cada centímetro quadrado de areia. Lentamente, pacientemente, confiantemente, caminhamos na direção de Kalep. As autoridades militares do Sumal, assim como os observadores, não viram nada, ou, se viram alguma coisa, a subestimaram. Foi assim que chegamos às portas da cidade que nos levariam à província, à cidade e depois a toda a sub-região. Os corações dos nossos homens estavam tomados pela febre, mistura de medo e excitação, que antecede e anuncia as grandes lutas; o fogo de Deus brilhava em seus olhos e cada um deles podia, simplesmente olhando para um de seus irmãos, ver a garantia de uma vitória inevitável.

Assim como havia guiado o profeta e seus companheiros pela via de inúmeros triunfos contra os renegadores da fé para proteger a terra santa, Deus nos guiava para o triunfo rápido e decisivo. Estávamos nos preparando, e a atmosfera já estava repleta de estranhos ares propícios às belas mortes. O acampamento estava em ebulição: poliam as armas, praticavam tiro, refinavam a tática; Allahou akbar era entoado frequentemente, retomado por outros, e as orações coletivas se transformavam em verdadeiros momentos de graça, aproximando as centenas de irmãos, unidos e fortes como grandes muralhas cimentadas pela fé, que se preparavam não apenas para repelir os invasores, mas também para se insurgir contra eles. Estávamos confiantes, e eu, que sempre fui mais cético e reservado, comecei a acreditar em nosso triunfo e a partilhar do entusiasmo dos homens.

  Foi quando Ismaïla chegou. Ele apareceu um dia, no alto de uma duna, quando uma facção que eu comandava estava treinando, e caminhou em nossa direção. Caminhou devagar, e o vimos avançar, hipnotizados. Parecia uma miragem, uma aparição demoníaca cujo segredo era mantido pelo deserto, e caminhava em nossa direção. O sol cegava e seus vapores por vezes turvavam a visão: por alguns segundos, a silhueta perfilada ao longe parecia se dissipar. Eu mesmo achei, uma hora, que era uma miragem; meu ceticismo não havia sido várias vezes colocado à prova no deserto ao longo de todos aqueles anos? Um dos homens até começou a mirar com a arma. Eu o impedi: não tínhamos munição para desperdiçar num fantasma. Um homem solitário estava vindo até nós. Esperamos. A silhueta ficou mais precisa, então finalmente chegou a nós. Era Ismaïla.

  Estava vestido com um longo cafetã preto, que só mostrava os pés. Usava sandálias de couro que lembravam aquelas dos antigos romanos. Como bagagem, só uma mochila. O rosto, embora marcado e queimado pelo sol, ainda refletia uma certa juventude que uma barba de dois anos, no máximo, tentava esconder. Vi na hora que era um jovem. Mas, ao falar, a voz madura, grave, era de um homem.

Ele simplesmente nos explicou que queria fazer parte da Irmandade e servi-la. O que não nos surpreendeu: não foi o primeiro rapaz a se unir a nós para abraçar nossa causa. Mas ele tinha algo diferente, talvez a motivação. A maioria dos recrutas que se juntavam a nós tinha razões bastante comuns: alguns, sozinhos e sem referências, procuravam uma família substituta; outros, muitas vezes ex-bandidos, viam a religião como uma forma de se afastar da antiga vida e de redenção; alguns queriam lutar contra o Estado, que os havia roubado; outros eram meramente atraídos pela embriaguez de segurar uma arma e pelo sentimento de invencibilidade neles suscitado pelo fato de brandir uma arma e decidir dispará-la arbitrariamente. Todos viam a Irmandade como uma família, uma nova entidade comunitária na qual a construção de sua identidade tomaria outro rumo.

Poucos vinham em busca de Deus. Procurá-lo de verdade. Poucos viam a Irmandade como uma experiência espiritual, uma busca interior, uma prova de fé. Muitos viam na organização as armas, o poder da milícia; poucos realmente entendiam o que ela representava, o que ela oferecia de melhor: a força da alma. Eu fazia parte desses poucos eleitos, dentre os quais, até então, eu tinha encontrado somente dois indivíduos desde que me alistara. Ismaïla foi o terceiro. Uma breve troca de palavras foi suficiente para que eu o entendesse.

Evidentemente, havia exigências para ingressar na Irmandade, e apliquei as provas. Saber recitar o Alcorão, narrar hadiths, orar corretamente e falar sobre a fé foram as etapas necessárias antes de ele ser aceito. Conheci uma época em que essas provas eram conduzidas com extremo rigor e em que a Irmandade havia recusado muitos jovens que tinham vindo se alistar sem saber nada sobre a religião. Nos últimos anos, infelizmente, a necessidade de aumentar as tropas levou à perda da exigência dos exames, e cada vez mais ineptos, um pouco mais instruídos do que alguns renegadores da fé, conseguiam ingressar na Irmandade. As autoridades da organização quiseram que fosse assim: primeiro precisávamos de homens, depois tentaríamos educá-los. Eu mesmo havia participado da formação moral, intelectual e islâmica da maioria dos homens que estavam sob o meu comando e vi, pelas provas, que não passavam de cretinos grosseiros. É verdade que desde então, depois de tantos cursos, sermões e pregações, consegui transformá-los em verdadeiros muçulmanos, mais próximos de Deus. A glória não é minha. É obra de Deus.

Já com Ismaïla, foi diferente. O conhecimento que tinha do Islã era tão impressionante quanto o ardor que o habitava quando falava de um versículo do Alcorão ou de um episódio da vida do profeta. Ele previa minhas perguntas, as respondia com a precisão e a exatidão de um devoto sufista octogenário; e ia até além do que era pedido, para explorar os caminhos obscuros da teosofia. Sua idade, evidentemente, deixava tudo mais surpreendente ainda, e desde a primeira entrevista eu soube que havia ali um muçulmano de qualidade, como eu raramente tinha encontrado. Na verdade, vendo-o pensei em mim na sua idade. Ele talvez fosse até mais instruído do que eu. E Deus é minha testemunha de que eu sabia muito aos dezoito anos.

Ficamos mais próximos nas semanas seguintes. Tendo o cuidado de tratá-lo da mesma maneira que os outros, que ficariam ofendidos, e com razão, se tivessem notado que o recém-chegado tinha meus favores, não pude, no entanto, deixar de tê-lo como meu favorito, e sempre que podia, o puxava para um canto para trocar umas ideias sobre a religião. Acho que ele gostava desses momentos. Durante todo o tempo que passava no acampamento, eram os únicos instantes em que podia ser ele mesmo sem ter medo de ser mal interpretado. Conversávamos muito. Ele me ensinava umas coisas, me lembrava de outras, e eu lhe mostrava alguns horizontes da religião que ele *não conhecia. Não sei, aliás, quem de nós era o mais entusiasmado durante essas conversas...*

É estranho dizer isso, mas acho que Ismaïla foi, nos últimos dez anos, se não o meu único amigo, pelo menos a única pessoa diante da qual eu não me sentia meio sinistro ou incompreendido.

Mas os outros não gostavam muito dele. A meditação permanente, o olhar tão vago e impreciso que emitia um ar altivo, a propensão ao isolamento e ao silêncio pareciam-lhes uma forma de desprezo por eles, o que achavam inadmissível. Ismaïla, é claro, não percebia e acreditava estar cercado apenas por irmãos que, embora não fossem tão instruídos quanto ele sobre o Islã, sabiam o suficiente para servir à Irmandade, proclamar Alá como o Único salvador e escolher a Xariá como o único Caminho.

Ele era diferente, diferente e, portanto, estranho. Mesmo aos meus próprios olhos ele constituía um enigma. Loquaz, até mesmo volúvel e tagarela quando falava do Islã, fechava-se numa mudez hermética quando o assunto era outro, e quando falávamos de guerra, estratégia e da tomada de Kalep. Sempre que eu falava com meus homens sobre o ataque perto da cidade, surpreendia nele uma tristeza cuja causa eu desconhecia. Mas a tristeza logo desaparecia e ele ficava calmo e pensativo, enquanto os outros, revigorados, gritavam e berravam. Um dia, mais intrigado do que o normal, perguntei a ele o porquê da falta de entusiasmo pela tomada de Kalep, e ele simplesmente respondeu, olhando para o céu: "Não sirvo para a guerra, tenente. Não sirvo para nenhuma guerra, nem para a guerra santa. Mas essa eu farei, não como um sinal de orgulho, mas como um dever para com Deus."

Era verdade que ele era um péssimo guerreiro.

Algumas semanas depois, a maior parte das tropas da Irmandade se juntou a nós. As várias facções da organização, até então espalhadas no deserto, reuniram-se às portas de Kalep, cuja guarnição tentou, em vão, se organizar diante de nosso movimento repentino. Aqueles poucos dias, no decorrer dos quais foi preciso se reunir, planejar o ataque com outros líderes da facção, falar com os homens, ensiná-los a se unir e a permanecer disciplinados, foram intensos. Só vi Ismaila ao longe, no intervalo de uma ou outra atividade.

De verdade, vi-o novamente apenas um dia antes do ataque. Ele faria parte de um destacamento de batedores que eu havia escolhido para obter o máximo de informações possível sobre as tropas inimigas, mas sem se envolver em combate contra elas. Ele partiu pela manhã, acompanhado de outros quatro homens em quem eu confiava. Antes de partir, ele me tomou em seus braços num incomum impulso de afeto e exaltação e, fitando-me com um olhar brilhante, disse: "Amanhã é um grande dia, tenente: finalmente vamos para casa!". À época, não entendi direito o significado dessas palavras. Hoje as entendo melhor. Ir para casa não era apenas uma metáfora que significava a conquista de Kalep pela Irmandade; era a verdade. Ir para casa era, para ele, voltar à terra onde nasceu, onde vivia sua família e onde sobrevivia seu passado. Mas eu não tinha entendido. Ele nunca tinha me contado sobre seu passado nem sua família, e eu nunca perguntei. Eu achava, estranhamente, talvez porque eu mesmo não tinha mais ninguém, que ele estava sozinho.

Foi com essas palavras que nos deixamos. Deve ter sido a última vez que o vi. Ele nunca mais voltou.

A expedição, tomada por não sei que loucura, tinha se aventurado para além dos limites que eu havia definido e chegou a um território inimigo. Meus soldados foram atacados por uma patrulha do exército. Dos cinco homens que tinham partido, apenas um voltou, coberto de sangue e gravemente ferido na barriga. Foi ele quem, antes de soltar o último suspiro em meus braços, me contou o que havia acontecido. Ele relatou que a facção de reconhecimento tinha sido cautelosa e evitado, inicialmente, ir além do que lhes fora pedido. Mas, como não viam nada de onde estavam, o próprio Ismaïla convenceu os camaradas a irem mais longe. Eles acabaram se rendendo aos seus argumentos e avançaram. Isso foi fatal. Atacada e perseguida no deserto por um carro do exército, depois que um pneu furou, a unidade teve que descer e responder aos tiros. O sobrevivente, que tinha sido ferido nas primeiras trocas, voltou ao acampamento correndo e, milagrosamente, não foi perseguido pelos adversários. Quando lhe perguntei sobre seus camaradas, disse que não sabia o que havia acontecido com eles e que todos deveriam estar mortos naquela mesma hora, pois os militares eram mais numerosos e estavam em veículos.

Contudo, quase como um gemido, conseguiu me dizer que a última imagem que teve do campo de batalha antes de bater em retirada era a de Ismaïla, com uma arma na mão, no alto de uma duna onde estava descoberto, abrindo fogo sobre dois militares abrigados atrás das árvores, gritando o nome de Deus.

E isso foi tudo. O sobrevivente morreu. E, com ele, sem dúvida, a última imagem de Ismaïla vivo.

Isso me comoveu. Eu tinha aprendido, no decorrer das semanas, a amar aquele jovem. Ele, que detestava a guerra, tinha morrido — pois certamente tinha que morrer — participando dela. Mas, até o fim, amou a Deus e o invocou. Isso fazia dele um mártir.

Naquela noite, não dormi. Orei por ele, para que sua alma descansasse junto de Alá. Deitei-me com o coração apertado e a mente ainda preenchida com a imagem dos olhos de Ismaïla olhando para mim. Infelizmente, quando acordei, não tive tempo de ficar triste ou melancólico. Era hora de atacar. Atacamos e conseguimos tomar Kalep. Muito tempo depois, eu ainda pensava em Ismaïla. Até que, ocupado com o projeto de Kalep, consegui me esquecer um pouco dele.

Quase consegui, cinco anos depois, esquecer as outras feições do rosto de Ismaïla. Mas seus olhos... não consegui e nunca conseguirei esquecê-los.

Sua mãe tem os mesmos olhos, e é por isso que fico impressionado sempre que a encontro.

Ela sabe que o filho está morto? Alguém lhes disse?

Acho que não. E não serei eu quem lhes contará. Preciso prender uns renegadores da fé. E de que realmente serviria lhes contar isso?

36

Ela abriu a porta e ficou estarrecida. Ele ficou lá, também sem dizer nada; sua atitude e postura, no entanto, exibiam uma espécie de constrangimento. Foi ela quem, passados os primeiros segundos de surpresa, rompeu o silêncio.

— O que você está fazendo aqui?

Ele não soube o que responder. Madjigueen Ngoné lamentou ter sido tão seca. As palavras tinham saído sozinhas, inesperadas. Mas o que mais poderia ter dito? Calou-se e olhou para Velho Faye, que, ainda imóvel e desajeitado, parecia observar seu rosto em busca de um sinal de simpatia. Ela se esforçou para manter o rosto completamente inexpressivo, até hostil, embora sentisse uma espécie de calor ou suor no ventre. Esse joguinho, que é o que há de mais belo, mas também, às vezes, mais cansativo no amor, durou um tempo. O drama era que nenhum dos dois estava realmente ciente disso. Eles nem sabiam se estavam apaixonados um pelo outro, e não se atreviam a tentar saber. Ambos reprimiam o que seus corpos, no entanto, clamavam.

— Posso entrar?

Ela se afastou mecanicamente. Velho Faye saiu do pequeno corredor onde tinha permanecido imóvel e entrou no apartamento, que tinha apenas um quarto.

A decoração era sóbria. Entrava-se diretamente na sala, que fazia às vezes de sala de estar e cozinha. À direita da sala, o que parecia ser um sofá-cama estava emoldurado por duas velhas poltronas de um vermelho borgonha, e toda essa mobília rústica estava instalada em frente a uma televisão colocada sobre uma mesa baixa. Ao lado dela, havia uma escrivaninha com um belíssimo computador, sem dúvida o único item de luxo no lugar. Acima desse móvel, uma pequena estante de três prateleiras, fixada à parede, continha publicações e bibelôs: diversos livros dividiam espaço com DVDs, e algumas estatuetas de toureiros com capas e tricórnios mantinham-se, com orgulho e paixão demasiados, sobre caixas ou ao lado de velas perfumadas, assim como animaizinhos de vidro. No resto do cômodo havia uma pequena mesa de jantar de madeira cercada por três cadeiras, uma placa de indução que parecia nunca ser usada, de tão limpa, e alguns pufes jogados aqui e ali. Uma porta, imediatamente à esquerda da entrada, indicava a localização do lavabo; outra, que se abria para a sala onde ele estava, e que ele acabara de notar, fez com que Velho Faye adivinhasse tratar-se do quarto de Madjigueen Ngoné.

— É um lindo apartamento.

— Obrigada.

— Espero que não seja muito caro. Sei que os preços dos imóveis são mais altos aqui do que em Soro.

Ele abriu a boca e logo a fechou, como se estivesse prestes a acrescentar algo que, no final, achou indigno de interesse. Ela se sentou numa das poltronas, e ele, no sofá. Não se atreveram a se olhar, e cada um, num silêncio pesado, tentou fingir prestar atenção a algum objeto. A jovem ligou a televisão e mudou de canais distraidamente, à procura de um canal em que não se falasse da Irmandade; ele olhava vagamente em direção à estante, onde parecia tentar ler os títulos dos livros. Eles permaneceram nesse constrangimento por um tempo. Depois Madjigueen desligou a televisão, levantou-se e se dirigiu à cozinha.

— Quer beber alguma coisa?

— A mesma coisa que você.

Alguns minutos depois, ela lhe deu uma xícara de chá.

— Então você bebe esse chá...

— Algum problema? É um chá branco, é isso?

— Não, não... só acho que o nosso tem um gosto melhor, é só isso.

— Eu prefiro este. Além disso, a infusão do nosso é demorada demais. Este é mais prático.

— Posso fazer um pouco para você, talvez você mude de ideia.

Ele começou a ganhar confiança porque a atmosfera parecia mais descontraída. No rosto, ela não tinha mais a máscara de insensibilidade que, embora a deixasse mais bonita e selvagem, a confinava numa terrível inacessibilidade. Ele gostava mais dela relaxada, com os lindos olhos afáveis. Estava feliz de vê-la novamente.

— Você ainda não me respondeu, Velho. O que está fazendo aqui?

Ele olhou para ela. Seu rosto não estava mais ríspido, mas sério, e até um pouco triste, como se ela esperasse algo que temia nunca acontecer. Ele baixou os olhos e olhou mecanicamente para a xícara de chá, mexendo lentamente seu conteúdo com uma colherzinha. Não soube o que dizer. Sabia, ao menos, por que estava lá? Quis, de repente, se levantar e sair sem dizer nada, ou desaparecer, sumir nos interstícios do sofá onde estava sentado. Sentia todas as borboletas no estômago. Continuou olhando para o chá. Mas e ela, ainda estava olhando para ele?

Ele ergueu os olhos. Ela estava tremendo, mas seu olhar

permanecia fixo nele. Ele baixou a cabeça novamente, a reergueu e voltou a baixá-la. Ela estava linda, vestida simplesmente com uma camiseta branca e um jeans azul lavado. Os cabelos estavam puxados para trás e presos num coque apertado. Ele vislumbrava os dois arcos dos seios, duros e firmes, que subiam e desciam ao ritmo de uma respiração rápida.

Não notou que a colher estava tremendo e fazendo um leve ruído metálico enquanto ricocheteava na borda da xícara de vidro. Quando percebeu, a soltou. O chá continuou girando e a mão, tremendo.

Ele olhou para ela novamente. Ela parecia uma estátua, apesar de tremer. Ele abriu a boca, disse algo, ficou quieto.

— O quê? Não entendi.

— Nem eu.

Ela sorriu. Isso o encorajou. O sinal que estava aguardando nos últimos minutos finalmente foi dado.

— Vim porque senti falta de você. Acho que foi o que eu disse. Porque senti falta de você. Acho... acho... — ele continuou depois de alguns segundos — que fui duro com você da última vez. Eu estava nervoso. Me desculpe.

— Você não precisa se desculpar por não ter concordado comigo e ter me dito isso. Não foi por isso que saí. Tenho minhas convicções, como todos nós, só isso.

— Então você não vai voltar para o grupo?

— Não, mas eu nunca vou, realmente, abandonar vocês.

— Sabe, não me importa se você está ou não com a gente. O que eu quero é que você esteja comigo. Era só nas reuniões que eu via você. E isso me fazia muito bem. Agora que provavelmente vamos ficar muito tempo sem reuniões, e que não posso vir sempre a Kalep, sinto a sua falta. Eu só queria que você soubesse.

As palavras não estavam mais se estrangulando na garganta. Elas saíam de sua boca como se ela fosse uma torneira vazando.

— Velho, por que você não tentou me seguir da última vez? Foi a despedida que me deixou triste.

— Eu...

Ele perdeu de novo as palavras.

— Eu também sinto falta de você — murmurou a jovem.

Ela não tremia mais, já ele tremia cada vez mais intensamente. Ela deixou a xícara e foi se sentar ao seu lado. Ele estava bonito. Ela pegou seu braço e colocou a cabeça dela no ombro dele. Eles ficaram assim por alguns segundos, em silêncio. A tremedeira parou.

— Venha...

Não era uma ordem, mas um sussurro, nem uma exigência, mas um pedido, não uma súplica ávida, mas, sim, um doce convite, como se algo essencial fosse ser salvo por essas palavras e pelo que elas significavam. Ele se endireitou. Ela olhou fixamente para ele, mas o rosto dela não estava mais nem ríspido nem triste. Não expressava o ar de desafio que as mulheres sedutoras, no auge da petulância, sabem lançar aos homens para inflamar o desejo; nem estava mais banhado na incontrolável excitação que o fogo dos sentidos pode imprimir: estava simplesmente calmo. Ele parou de mascar chiclete. Naquele momento, a viu como a mais linda das mulheres. Aproximou-se dela e a pegou pela cintura sem desviar o olhar. Eles estavam tão próximos que suas expirações, quentes, varriam seus rostos. As respirações começaram a acelerar. Eles fecharam os olhos quase ao mesmo tempo.

Quando, pela primeira vez, os lábios se tocaram, esqueceram--se de tudo. Do jornal. Da Irmandade. Dos mendigos. Até mesmo o chamado do muezzin, que ressoou, pareceu-lhes uma ode ao amor nascente. E era realmente o caso.

Eles permaneceram assim, abraçados, por um tempo, até que Madjigueen convidou Velho para segui-la até seu quarto.

37

Em Bantika, uma cidade tão grande e povoada quanto Kalep, havia uma biblioteca que era o orgulho não apenas da província, mas de todo o Sumal. Foi construída após as independências, numa época em que o Estado, numa dinâmica de desenvolvimento territorial e promoção da cultura, tinha impulsionado uma vasta campanha nacional de projetos. Assim, foram implantadas algumas das estruturas culturais das quais o país ainda se gabava perante o mundo, quase meio século após sua construção. A biblioteca nacional de Bantika, juntamente às outras quatro bibliotecas nacionais do país, era uma das joias culturais de que o Sumal ainda se orgulhava. Se essas cinco bibliotecas fossem pedras de uma coroa cultural, a de Bantika certamente seria a mais preciosa, a joia cintilante. Um segredo assegurava sua notoriedade, que ia além das fronteiras da província, do país e do continente: seu subsolo. A biblioteca de Bantika era a única a ter um subsolo. E era essa sala subterrânea que dava à cidade todo seu esplendor; essa sala era o cofre do mais belo tesouro do país.

Que tesouro?

Documentos raros, documentos históricos, documentos de vários séculos, escritos pelos antigos (passados, desde então, à categoria de pais fundadores e, alguns deles, de santos), que contavam o nascimento do Sumal, que fora outrora o coração do império mais radiante e mais poderoso de todo o continente. Esses documentos, que tinham o valor e a importância de relíquias sagradas, estavam entre os documentos mais antigos a partir dos quais conhecia-se a história do continente. Alguns deles milenares, e milagrosamente preservados do desgaste dos séculos, tornaram-se, então, tesouros; mais do que isso, símbolos. Eles tinham sido descobertos cerca de vinte anos antes num sítio arqueológico não muito longe da cidade, por um arqueólogo e antropólogo que agora dava seu nome à universidade de Bantika. A descoberta fora um evento nacional, depois continental e planetário, e pessoas vinham de todos os lugares para ver essas provas que testemunhavam, além da construção de um dos impérios mais míticos e poderosos que o mundo já tivera, a existência de uma verdadeira cultura, rica, complexa, evoluída, organizada, forte, inteligente, alfabetizada, nessas terras havia séculos. Esses documentos constituíam provas irrefutáveis contra as alegações racistas e supremacistas de alguns teóricos obscuros que haviam negado a existência de civilizações evoluídas no continente.

Os documentos armazenados no subsolo da biblioteca não eram somente, portanto, uma formidável descoberta histórica e científica; eram, também, um formidável atestado, uma certidão de nascimento, uma certidão de identidade; uma forma de o continente se opor, com estilo e estrondosamente, contra a "História com um grande agá". Armado desses documentos, o continente finalmente deixava o limiar da História onde, disse um dia um grande filósofo, ele havia esperado muito tempo em pé; deixava a pré-história onde, ao que parece, tinha parado. Esses documentos eram, por fim, a prova de que também aqui se tinha escrito.

Eles foram verificados, analisados, e correu por um tempo o boato de que eram falsos e de que o ilustre cientista que os descobrira orquestrava uma tramoia; mas avaliações meticulosas de especialistas, lideradas por cientistas sérios, acabaram por dissipar todas as dúvidas e, assim, confirmar a autenticidade dos documentos. A partir de então, decidiram guardá-los na biblioteca de Bantika, joia da coroa cultural do Bandiani (Kalep era principalmente um bastião econômico), província à qual a custódia dos famosos documentos era de jure e de fato. Um espaço no subsolo foi preparado e munido de alarmes, e os documentos — pelo menos parte deles, pois eram numerosos — foram guardados ali. A biblioteca de Bantika tornou-se um lugar de peregrinação. Amantes de história, filosofia, teologia, sociologia, matemática, antropologia da escrita, codicologia corriam para lá e encontravam turistas de outros países; todos se extasiavam diante das maravilhas do subsolo, que nunca ficava vazio. Primeiro Bantika, depois o Bandiani e o Sumal inteiro aproveitaram as muitas vantagens que a notoriedade dos documentos lhes proporcionou: o turismo se desenvolveu, em seguida as infraestruturas, e Bantika, que estava em plena expansão, foi impulsionada economicamente. Os lucros foram imensos, todos os setores foram beneficiados e o Norte se tornou uma das áreas mais movimentadas do continente durante esses anos.

 A consagração final dessa celebridade repentina, no entanto, ocorreu cinco anos após a descoberta dos documentos, quando a organização mundial para a preservação dos patrimônios da Humanidade inscreveu a biblioteca de Bantika — seus documentos, na verdade: ninguém ligava para o resto —, em sua lista de patrimônios. Privilégio supremo do qual se orgulhavam desavergonhadamente.

 Assim, em Bantika, não havia uma mera biblioteca, mas um verdadeiro templo.

 E os deuses do templo ardiam naquela noite. Em outras palavras, a biblioteca estava em chamas.

Pouco a pouco uma multidão se reuniu no centro da cidade, onde ocorria o auto de fé. Alguns estavam lá desde o início das ações, outros chegaram correndo ao ver a vívida luz vindo da praça ou ao ver sobre os telhados das casas as colunas de fumaça preta subindo ao céu, escurecendo uma noite clara.

Abdel Karim havia chegado a Bantika um pouco depois da oração do crepúsculo, à frente de quase cem homens, todos armados. Ele ordenara que a biblioteca fosse arrombada. Os alarmes foram acionados automaticamente, causando um concerto irritante de silvos, que o próprio Abdel Karim conseguira interromper atirando nas máquinas.

Desde que tomaram posse do Norte, os fundamentalistas da Irmandade ameaçaram regularmente queimar a biblioteca (que os turistas e cientistas haviam desertado, já que a cidade era controlada pela Irmandade). Até então, não passavam de bravatas; por meio do auto de fé, executaram a ameaça.

***

É preciso examinar mais detalhadamente as possíveis razões ideológicas que levam os fundamentalistas a destruir os documentos da biblioteca. As razões parecem ser de três ordens.

A primeira é prática: para os fundamentalistas, esses documentos são instrumentos diabólicos, pois a atenção que lhes é dada deveria ser direcionada à Irmandade. Ideologicamente, deve-se entender que, para a maioria dos fundamentalistas, a destruição da biblioteca não tem muito a ver com seu conteúdo, que geralmente eles não conhecem. O essencial é dar amplo alcance à ideologia fundamentalista, fazer desaparecer do espaço público tudo o que possa encorajar as mentes a seguir na direção de algo que não seja o discurso da Irmandade. Trata-se de destruir a biblioteca não devido a uma potencial soma de conhecimentos perigosos, no fundo, para o islã, mas de destruí-la por distração, por diversão. Trata-se de negar a biblioteca como forma, como possível encarnação física do *entretenimento* (em relação à suposta profundidade do discurso da Irmandade). Desse ponto de vista, para a maioria dos fundamentalistas, não há diferença alguma entre queimar a biblioteca e saquear uma sala com computadores ou uma boate. Os fundamentalistas destroem a biblioteca por *ciúme*: não porque ela tem mais conhecimento do que eles, mas porque sua presença invisibiliza a deles.

Daí a segunda razão, que é de ordem política: destruir os documentos mundialmente conhecidos é chamar a atenção do mundo para a Irmandade ou lembrar o mundo da existência da Irmandade. É perpetrar um atentado cujas vítimas não são homens, mas símbolos. Trata-se, acima de tudo, do desejo de ser levada a sério, de ser considerada uma adversária de pleno direito, de mostrar que sabe se transformar em estrategista. Trata-se, banalmente, de se comunicar.

A terceira razão é filosófica e literária: diz respeito à relação, consciente ou inconsciente, assumida ou negada, clara ou oculta, da ideologia (religiosa ou política) com a escrita. Bom, é a razão mais interessante.

A ideologia teme *a escrita* de livros que considera perigosos. Ela o teme, é claro, porque não controla seu discurso e seu conteúdo, e porque estes poderiam prejudicar seus interesses (incitando os leitores à revolta, por exemplo); mas também o teme, independentemente das consequências do conteúdo, pelo que está nas entrelinhas. A ideologia teme o próprio gesto de escrever.

Pois o fato de escrever livremente carrega em si o irreprimível desenrolar da inteligência. Escrever sem considerar a ideologia é ser o teatro do movimento ininterrupto e livre da inteligência que jorra no gesto da escrita, enquanto a ideologia é, precisamente, a negação desse movimento da inteligência, que, a seu ver, deve girar em círculos dentro de um quadro estabelecido ou simplesmente não ser (isto é, ser *suprimida*, em todos os sentidos do termo). E quando queima livros que considera perigosos, a ideologia teme, pelo menos, tanto seu alcance quanto *a ideia de que eles possam ter sido escritos* sem levá-la em consideração, no tempo e no espaço. Claramente, os livros que a ideologia elimina representam um perigo tanto devido à potencial consequência nefasta que eles poderiam ter sobre os leitores quanto às condições que governaram sua escrita: aquelas de um irreprimível movimento da inteligência.

O que a ideologia teme e odeia é que a escrita de livros perigosos seja fruto de uma aventura livre da inteligência; o que ela queima e também quer negar é a própria História da inteligência livre, da qual a escrita é, ao mesmo tempo, o termo e o signo.

***

Alguns curiosos, que tinham visto o que havia acontecido, contaram aos atrasados que metade dos homens havia recebido ordens de seu capitão para tirar todos os documentos musicais da biblioteca, pois toda e qualquer música era diabólica. Também afirmaram que toda a seção de ciências humanas e sociais tinha sido esvaziada e seu conteúdo, despejado na grande praça em frente ao edifício. Por fim, todos os depoimentos concordavam num último ponto: o próprio

Abdel Karim havia descido ao subsolo com alguns homens e pegado os documentos históricos que jogou, sem escrúpulos, na imensa pilha de livros e discos amontoados em frente à biblioteca. Em seguida, ele mesmo ateou fogo em tudo, enquanto seus homens, armados e dispostos como uma corda dupla de segurança ao redor do fogo, gritavam e davam graças a Deus.

 O fogo bramia, rugia, crepitava, explodia, saltava e engolia, avidamente, com devastadora volúpia, tudo o que lhe tinha sido dado em sacrifício. As chamas aumentavam, ora imensas hidras projetando ao chão formas fantasiosas e ameaçadoras e, ao céu, acres véus sombrios, ora encolhidas, rolando em si mesmas, deixando jorrar em seu abraço sem saída a matéria que consumiam. Havia algo bonito nisso, horrivelmente bonito. A luz do fogo, ao mesmo tempo que lançava seu brilho nos rostos dos homens, refletia neles a sombra, e cada uma dessas figuras parecia estranha e imóvel, como se fascinada por essa coisa irreprimível que era vida e destruição. De vez em quando, o barulho de uma pequena deflagração era ouvido no bramido das chamas: tratava-se de algum disco ou elemento de vidro que fazia uma última reclamação antes de se misturar com as volutas que subiam ao firmamento. Alguns livros que, na borda, escapavam do extermínio, eram pegos e brutalmente jogados no fogo por algum fundamentalista.

 Abdel Karim olhava para as chamas que haviam começado, saciadas, a se acalmar, eructando de vez em quando algumas centelhas rebeldes que brilhavam vigorosamente por alguns segundos antes de desaparecer.

 Ninguém tinha se mexido. Todos os moradores ainda estavam lá, como se sentissem, confusos, que havia no braseiro algo fundamental que estava desaparecendo não apenas de sua cidade, mas também de seu coração; algo que tentavam, mas não conseguiam realmente entender.

Abdel Karim, afastado, observava com atenção todas as silhuetas agrupadas ao redor do auto de fé. Procurava um sinal, um movimento, um olhar suspeito, que pudesse dar uma pista dos autores do jornal. Com certeza, queimando a biblioteca, ele atrairia ao local os responsáveis, que, supunha, eram homens cultos que provavelmente tinham visitado várias vezes a biblioteca de Bantika. Ele tinha escrito às autoridades pedindo a permissão de realizar o auto de fé e argumentado sobre a necessidade de uma ação forte, que não apenas lembraria aos moradores da província que a organização era dona do território, mas também lhe daria uma possível pista que a conduziria às origens do jornal que a desafiara. O pedido havia sido rapidamente aprovado e ele tinha agido imediatamente, sem aviso prévio, provocando uma enorme surpresa. Agora aguardava. Espreitava. Perscrutava.

Ninguém, por enquanto, se movia. O fogo morria lentamente.

***

Déthié e Codou ficaram abalados. O silêncio que observavam parecia enlutado. Déthié, com a cabeça entre as mãos e os olhos fechados, parecia envelhecido e sem forças. Codou estava de pé, encostada na parede, com a cabeça erguida em direção ao teto e os olhos embaçados de lágrimas. Não trocaram uma única palavra desde que voltaram. O auto de fé tirara deles até a vontade de falar.

Foi quando estavam conversando tranquilamente na varanda de casa, aproveitando o frescor da noite, que viram um grande rastro de fumaça escura subindo de algum lugar, não muito longe do centro da cidade. Primeiro acharam que se tratasse de um incêndio, mas, sem ouvir gritos nem sirenes de bombeiros, decidiram ir ver.

No caminho, Codou perguntou o que estava acontecendo a um homem que passara por eles correndo em direção à origem do fogo e este, ofegante, balbuciou, enquanto corria, palavras que ela não havia entendido ou que temia ter ouvido mal:

— Abdel Karim e seus homens... fogo... biblioteca... parece que é bonito.

Depois desapareceu no dédalo das ruas do centro da cidade.

Ao chegarem, ela não conseguiu reprimir um pequeno grito de dor, um gemido, como um animalzinho agonizando. Já Déthié ficou imóvel ao ver os livros queimando, rígido, com os braços balançando, a boca entreaberta e o rosto apavorado, com uma postura que evidenciava uma impotência absoluta. Eles permaneceram assim, como todos os outros, silenciosos, mas seu silêncio devia-se não apenas ao desgosto, mas também à tristeza e à raiva. Fora entre esses livros que eles se conheceram, havia vinte anos, e que conheceram Malamine. Fora nesses livros que aprenderam a ser o que haviam se tornado: fora onde Déthié descobrira o amor pela cultura e o desejo de promovê-la ao se tornar professor; fora onde Codou tomara gosto pela leitura e desejara transmiti-lo tornando-se livreira. Suas lembranças estavam se dissipando no fogo, com a alma do que consideravam ser uma das únicas coisas verdadeiras num homem: o Saber.

De repente, Déthié tremeu de raiva. E quando os fundamentalistas começaram a gritar, quase os insultou. Se Codou não estivesse lá, provavelmente os teria atacado.

Ela desviou os olhos do teto e olhou para ele. Ele continuava encolerizado, mas a raiva estava amainada.

— Como chegamos a isso, Codou? Me explique, como podem fazer os livros pagarem pelos erros que cometemos? Aceito ser responsável, aceito que você, os fundamentalistas, todos sejam responsáveis, mas por que esses livros foram queimados? Eram responsáveis de quê?

As perguntas de Déthié eram tão irrisórias, tão ridículas e expressavam tanta impotência que Codou não conseguiu responder.

— O que Heinrich Heine disse sobre o auto de fé? — continuou ele.

— "Onde se queima livros, acaba-se queimando pessoas" — respondeu Codou, abatida.

— Não vou esperar que esses loucos queimem pessoas. Já matam gente demais, com a barbárie digna da morte na fogueira. Não posso ficar sem fazer nada, Codou. Vou agir, e agora.

— O que você vai fazer?

— Sair agora e distribuir o resto dos exemplares do jornal que escondemos. Não vou conseguir dormir esta noite se não lutar. Não posso ficar sem rebater. Hoje à noite, vou lutar.

— Eu vou lutar com você. O nosso amor começou nessa biblioteca que eles destruíram, lembra?

— Lembro.

Ele olhou carinhosamente para ela.

— Esse auto de fé, por mais horrível que seja, vai mudar as coisas. Estou sentindo isso, querida. O fim desses criminosos está próximo.

— Por que você está dizendo isso?

— O Ocidente vai intervir! Enquanto os homens morriam, ele podia se contentar em se emocionar e condenar timidamente. Mas agora que, além de homens, livros morreram, agora que a ideia de patrimônio mundial foi atingida, ultrajada, destruída, o Ocidente não pode mais ficar de braços cruzados. Alguns homens morreram, tudo bem, estamos acostumados, mas documentos históricos, quase sagrados, queimando é algo muito mais horrível. Já sabemos, as coisas mudaram: um velho que morre não é uma biblioteca que queima. Ele não tem o mesmo valor que ela.

— Como assim?

— Os documentos, na mente de alguns, têm mais valor do que algumas vidas humanas. A partir de amanhã, você vai ver, eles vão condenar, ameaçar, dar ultimatos; vão espalhar o boato de uma intervenção iminente, enfim, vão fazer tudo o que não fizeram até agora, ou que fizeram bem de leve.

— Déthié...

— Sim, eu sei, talvez eu esteja exagerando um pouco. Talvez a dor e a raiva estejam me deixando meio confuso e eu não esteja mais lúcido. O essencial é que intervenham e ajudem o pobre exército nacional a libertar o Norte. Só isso importa. Essa é a única lucidez que podemos ter, acho. Está acabando, querida. Está acabando. Mas isso não é motivo para não continuar lutando. Primeiro vamos comer, depois vamos espalhar o *Rambaaj* para que Bantika se lembre dele. Esse nome foi realmente uma ótima ideia, Codou — terminou ele, com um risinho.

Eles jantaram rapidamente e, em seguida, Déthié pegou do teto falso do quarto uma velha bolsa esportiva "Abibas" (falsificada, é claro), que continha o resto dos exemplares do jornal.

Amanhã, pela segunda vez em algumas semanas, Bantika acordaria com alguns jornais espalhados nas ruas. Seria a resposta deles ao auto de fé. Déthié e Codou se beijaram e saíram na noite.

Caminharam apenas alguns metros quando uma dezena de

homens armados os cercou. Cegados pelo forte raio de luz de uma lanterna apontada para eles, não puderam ver o rosto daquele que havia gritado:

— Em nome de Alá, vocês estão presos pela produção e distribuição do jornal *Rambaaj*, cheio de textos ímpios. Vocês negam serem os autores?

Eles reconheceram a voz de Abdel Karim. Déthié olhou para a esposa. Ela estava calma, os lábios delineavam um tímido sorriso. Nenhum tipo de medo era lido em seu rosto. Ele pegou sua mão e, voltando-se para o lugar de onde vinha a voz, gritou:

— Não negamos. Somos os autores do jornal. Que vocês ardam no inferno!

Foram suas últimas palavras antes que uma coronhada na nuca o derrubasse no chão. Codou não teve tempo de gritar. Um golpe na cabeça a deixou inconsciente.

Era o triunfo de Abdel Karim. Seu plano tinha funcionado. Pouco tempo antes, enquanto os livros terminavam de queimar, ele notara o nervosismo mal contido daquele homem, cujo olhar odioso só poderia ser de um oponente feroz da Irmandade. Acompanhado de alguns homens, ele seguira silenciosamente o casal, de longe, depois que foram embora. E amanhã, no início da tarde, na frente de toda a província, ele os executaria em Kalep.

38

O boato se espalhou na manhã seguinte, tão rápido quanto um incêndio florestal, por toda a província: Abdel Karim tinha encontrado os autores do jornal rebelde e iria executá-los naquele mesmo dia, à tarde. Assim, desde as dez horas, centenas de pessoas começaram a afluir à cidade, algumas por simples curiosidade, outras, simpatizantes da Irmandade, indo para participar simbolicamente, como se fosse um dever, da execução daqueles que haviam sido seus inimigos ao longo de todos esses meses. Todos, por fim, queriam ver quem eram aqueles que tinham escrito os textos.

Os boatos, sempre inexatos, mas nunca totalmente falsos, falavam ora de dois homens, ora de um homem e uma mulher, ora de três mulheres. As conversas progrediam rapidamente e a excitação aumentava lentamente. A famosa praça da prefeitura, mais uma vez, começou a encher de gente, lentamente, e todos tentavam encontrar o melhor lugar para ver os condenados.

Malamine estava em seu escritório no hospital, ocupado com a papelada, quando Alioune entrou preocupado. Dada a expressão de seu rosto, entendeu que algo sério havia acontecido.

— Pegaram a Codou e o Déthié. Acabei de saber. Parece que ontem à noite Abdel Karim queimou livros na biblioteca de Bantika e, depois do auto de fé, surpreendeu pessoas que estavam com o jornal, prontas para distribuir uns exemplares. Ninguém falou os nomes da Codou e do Déthié, mas só eles têm exemplares do jornal para distribuir.

— Tem certeza do que está dizendo, Alioune? Tem realmente certeza?

Seu coração disparou.

— Não tenho certeza, Malamine. Não vi os dois. Só sei que ontem à noite documentos foram queimados na biblioteca de Bantika, incluindo os famosos manuscritos milenares do Bandiani.

— O quê?!

— Você não ouve rádio?

— Nunca, desde que ela é controlada pela Irmandade.

— Foram as duas principais notícias da manhã, a biblioteca e a prisão dos supostos autores do jornal.

— Vamos ficar calmos, talvez não sejam o Déthié e a Codou. Vou tentar ligar para eles.

— Já tentei. Nenhum dos dois responde.

Malamine lançou um olhar vago para Alioune. Mil cenários possíveis passaram pela sua mente. Ligou imediatamente para Déthié. Não respondeu. Deixou várias mensagens e também tentou falar com Codou, em vão. Alioune estava na sua frente, com a cara séria, as mãos contraídas no encosto de uma cadeira. Quando seus olhos se encontravam, as mesmas perguntas, as mesmas esperanças e os mesmos medos atravessavam suas mentes. Depois de muitas tentativas mal sucedidas, Malamine se levantou e tentou colocar as ideias em ordem.

— Temos que ficar calmos até termos certeza de que são realmente a Codou e o Déthié. Não consigo falar com eles, mas isso não quer dizer que foram pegos. Esse boato pode muito bem ser uma armadilha para nos obrigar a nos expor. Não podemos ceder ao pânico. Primeiro, vamos avisar os outros. A Madjigueen Ngoné está aqui?

— Não. Dia de folga.

— Verdade, eu tinha esquecido. Você precisa avisar o Pai Badji. Rápido, vá até o bar. Enquanto isso, vou ligar para o Velho Faye e a Madjigueen Ngoné. Precisamos conversar, todos juntos, pensar, seja qual for a situação. Mas, principalmente, ficar calmos. Ainda temos um pouco de tempo...

— Nem tanto. Dizem que aqueles que foram capturados ontem à noite em Bantika vão ser executados hoje no começo da tarde. Parece que a praça da prefeitura já está cheia de gente. Se tivermos que tomar uma decisão, tem que ser logo.

Alioune saiu. Malamine sentiu, por alguns segundos, a cabeça pesar. No corredor, o barulho dos passos dos enfermeiros se misturava com as queixas dos doentes. Foi o que ouviu, mas seus pensamentos se dispersavam e se confundiam, incapazes de parar numa ideia específica. Sucessivamente, as imagens de Codou e Déthié, Abdel Karim, Pai Badji, Madjigueen, Velho e Alioune passaram furtivamente pela sua cabeça. Ele abriu os olhos e tentou acalmar a respiração. Quando voltou a baixar as pálpebras, viu apenas toda a sua família, com Ismaïla. E todo mundo estava sorrindo. Essa imagem durou muito tempo, e ele gostaria de nunca a ter deixado. Gostaria de ter ficado lá e dormido, e percebido, quando acordasse, que tudo o que acabara de saber não passava de um pesadelo. Mas era verdade, tudo era verdade. Alioune tinha ido avisar Pai Badji, os moradores estavam se dirigindo à praça da prefeitura, Déthié e Codou não respondiam, ele precisava ligar e avisar Madjigueen Ngoné e Velho Faye. E, principalmente, sua família não estava completa e nem tão sorridente quanto no sonho.

Ele abriu os olhos, os sons do cotidiano o invadiram novamente; balançou a cabeça, como se para afugentar o sonho, e compôs o número do Velho.

***

Era uma e meia da tarde e Malamine ainda não tinha tido nenhuma resposta. Não havia conseguido falar nem com Madjigueen nem com Velho, cujos telefones pareciam estar desligados, e Alioune, que tinha saído havia uma hora para avisar Pai Badji, ainda não tinha voltado. Não tinha como falar com ele: Alioune, assim como Pai Badji, não tinha telefone celular. Malamine girava em círculos no escritório.

Quando soaram as catorze horas, já não aguentando mais, saiu, depois de enviar uma mensagem para Velho e Madjigueen, na qual dizia "Vejo vocês na praça da prefeitura", e pedir ao guarda do hospital que informasse Alioune, quando voltasse, que ele tinha ido à praça da prefeitura e que lá aguardaria a ele e ao Pai Badji. O guarda, enquanto Malamine se afastava, lançou, com um sorriso tolo:

— Ah, doutor, eu também gostaria de ir! Ver os inimigos serem punidos por Deus. Mas não posso. Me conte depois como foi, doutor, parece que o Abdel Karim vai estar lá e se encarregar pessoalmente de matar eles!

Ele não respondeu e partiu para o centro da cidade. Quando chegou, não cabia mais gente. Malamine notou imediatamente, um pouco afastados, dois postes plantados a cerca de dois metros de distância um do outro. Ver aquelas duas estacas encheu Malamine de um horrível pavor e, sem dúvida, pela primeira vez desde que Alioune lhe contara o boato, ele começou seriamente a acreditar que os amigos estavam realmente em perigo. Pensando nisso, ficou estarrecido. Olhou imediatamente para o celular. Nenhuma resposta, nem de Velho nem de Madjigueen. A muvuca se acotovelava, espalhando rumores; via-se querelas, olhares curiosos, atitudes graves ou impertinentes em todos os lugares. De repente, Malamine se sentiu sozinho no meio de todas aquelas respirações inquietas e de tantos barulhos. Um suor abundante perlava sua testa.

      Malamine estava preocupado. Como todos os outros, aguardava.

39

Ndey Joor Camara, estranhando a calma no bairro naquela hora, ligou o rádio e ouviu a notícia. Ligou imediatamente para Malamine.

— Alô? Alô, Malamine...? Sim, não, não estou ouvindo direito... o quê? Sim, estou bem, nossos filhos também... quê? Tente se afastar um pouco. Isso, está um pouco melhor. Sim, eles estão bem. O Idrissa está lendo no quarto e a pequena está tirando uma soneca. Malamine, você soube da notícia? Não delícia, notícia! Sobre o jornal, em Bantika. Parece que prenderam duas pessoas. Sim... o quê? Você já sabe? Oh, meu Deus, sabe quem são? Sabe? Não, você não sabe... não sabe se são eles? Espero que não. Tudo isso me dá um medo... Vocês precisam parar... o quê? Onde você está? Na prefeitura? Por que tem tanto barulho? O quê? Eu realmente não estou ouvindo... uma execução? O quê? Onde? Aqui, em Kalep? Daqui a pouco? Mas de quem? Não sabe quem é, sim, você me disse... mas você conseguiu falar com eles? Sabe onde estão? Mas e se forem eles dois? Você ainda não está...? Mas... e os outros? Sim, entendo, mas por que você não me avisou? Por favor, Malamine, não faça nada que possa colocar sua vida em risco... Sim, sim, entendo, mas tome cuidado... Mas do que você está falando? Você não é responsável por nada! Eles já são bem grandinhos... Malamine, eu imploro... me escute... o quê? Sim, eu também amo você. Por favor, por favor, me escute... você tem que me prometer que não vai fazer nada ... por favor, prometa. Estou com medo... prometa... Malamine, eu... o quê? Alô? Estão chegando? Quem está chegando? Malamine, por favor, não seja imprudente... pense em mim e nas... alô? Alô? Malamine? Alô?

40

Assim que os milicianos os tiraram do veículo, embora suas cabeças estivessem escondidas num saco, Malamine reconheceu o jeito de andar de Déthié, que permaneceu honrado apesar das regulares agressões que lhe infligiam. Como continuavam vestidos, também reconheceu a blusa de Codou, que ele mesmo lhe dera e que ela dissera ter adorado. Realmente, eram Déthié e Codou. À repentina certeza sua cabeça girou e ele quase desmaiou. As duas formas que avançavam em direção às estacas, acompanhadas por três homens armados, eram mesmo os dois amigos. Eram eles que iam ser executados. Atrás do pequeno grupo, Abdel Karim caminhava lentamente, insensível ao mundo ao redor. Como de costume, tinha o rosto bestial, embora, estranhamente, também parecesse nervoso. Atrás dele, a cerca de cinquenta metros das estacas, doze homens estavam alinhados ao lado de um grupo de cerca de outros trinta. No total, devia ter quase cinquenta homens.

Enquanto Codou e Déthié eram amarrados aos postes, Malamine sufocava. Não sabia o que fazer nem pensar, e imaginava que, em algum momento, as pernas o trairiam. Ao redor, ninguém parecia notar seu estado. Todos, prendendo a respiração, mantinham os olhos fixos nos dois corpos dos quais ansiavam ver as cabeças. Sussurravam: "Então eram um homem e uma mulher!"; "O que ela tem a ver com isso, coitada?"; "Por que eles não estão pelados?"; "Nós é que vamos executar eles? Não estou vendo nenhuma pedra". Malamine olhou novamente para os postes. Estoicos, Déthié e Codou mantinham uma postura majestosa e tranquila.

A voz de Abdel Karim o trouxe de volta à realidade. O gigante estava de pé entre os dois postes, segurando um alto-falante. Malamine notou que suas feições estavam abatidas e cansadas e que ele parecia não ter dormido. Estranhamente, dessa vez, não sentiu a onda de ódio que geralmente o invadia ao ver o colosso. A voz do capitão ressoou:

— Audhu billahi mina-Shaitan-nir-Rajeem. Bismilahi rahmani rahim. Assalamu Aleikum, meus irmãos. Mais uma vez os agradeço por terem respondido em massa ao chamado de Alá. Hoje é um grande dia: o dia em que, depois de tantas semanas de buscas, os renegadores da fé que publicaram o tal jornal de que vocês tanto ouviram falar, que causou tanta desordem em nossas cidades, serão punidos. Eles achavam que podiam escapar eternamente de seu destino. Eles sabem, agora, que podemos escapar dos homens, mas nunca de Deus...

— Allahou akbar! — gritaram algumas vozes.

— Allahou akbar, meus irmãos! Mas o trabalho ainda não acabou. Essas pessoas não agiram sozinhas: sei que tinham outros cúmplices, que estão na província e que podem estar aqui, entre nós, entre vocês, neste exato momento.

A essas palavras, um pequeno clamor elevou-se na multidão e todos se entreolharam com olhares que diziam ao mesmo tempo: "não sou eu" e "pode ser você". A bagunça durou alguns minutos. Malamine tentou adotar um olhar indiferente, embora sentisse que cada olhar que recebia o desmascarava. Ele manteve os olhos fixos em Déthié e Codou. Ela, com a cabeça abaixada ao peito, parecia exausta. Por várias vezes, ele quase irrompeu da multidão para tentar algo. Mas o quê?

Abdel Karim retomou.

— Esses dois renegadores da fé não quiseram dizer nada, apesar de todas as nossas perguntas, a noite toda. Eles ficaram calados e não pronunciaram nem uma palavra. Confesso que a teimosia deles foi de certa forma admirável. Mas não serviu para nada. Denunciando ou não seus camaradas, eles vão morrer e vamos encontrar os outros assim como os encontramos, se Deus quiser. Nada nos deterá no caminho da verdade. Nada! Allahou akbar! Alguns soldados entoaram o nome de Deus, mas Malamine notou que a multidão, estranhamente, parecia silenciosa. Apenas alguns clamores tímidos escaparam e rapidamente caíram em silêncio, dominados por uma espécie de passividade. Foi a primeira vez que o povo não parecia estar petrificado ao ouvir o lenga-lenga de Abdel Karim. "Talvez", pensou ele, "o fato de os condenados do dia terem resistido à Irmandade tenha criado nas massas aquela contenção cheia de seriedade".

    Abdel Karim se afastou alguns passos e fez um sinal aos doze homens alinhados a algumas dezenas de metros de distância dele. Estes carregaram suas armas e miraram. Silêncio total. Malamine tremeu, seus olhos se encheram de lágrimas, que ele tentava enxugar para não chamar a atenção. O sentimento de ser um covarde o esmagava, e naquele momento ele pensou em se suicidar por deixar seus amigos morrerem. Eles continuavam extraordinariamente estoicos. Malamine pensou em seus rostos, o que talvez tenha sido um esforço exagerado: vacilou e quase caiu. Seguraram-no por trás e o colocaram de novo de pé, como se quisessem forçá-lo a assistir até o final a morte dos amigos. Suas lágrimas corriam, agora, à vista de todos, ele não procurava mais escondê-las. Para quê? Ele já não se importava se o denunciassem ou o prendessem. Sentiu que, naquele momento, começou a recuperar as forças, ou melhor, teve a impressão de que toda e qualquer fraqueza o estivesse abandonando. Ele assistiria.

    Talvez fosse essa a verdadeira resignação. A pior admissão de impotência. Ainda assim, voltou a assistir.

    Abdel Karim olhava para a multidão, que não se mexia. O insustentável silêncio poderia ter atingido um cardíaco. O colosso aguardava. Seus homens esperavam apenas sua ordem para atirar, mas ele não se movia, como se estivesse tentando pressionar ao máximo qualquer cúmplice que pudesse estar lá, no meio da multidão.

— Atire, por Deus!

A voz de Déthié disparou. Ela enfrentou todos eles, os soldados, o povo, Abdel Karim, o silêncio e até Deus.

— São suas últimas palavras, renegador da fé? — gritou o gigante.

— Não. Eu gostaria de dizer uma última coisa aos meus camaradas. Sei que estão aqui, que estão nos vendo, ouvindo, e que estão sofrendo. Por favor, continuem, continuem por nós, pela minha esposa e por mim, e não sofram com a nossa morte. Vocês precisam continuar a luta, meus amigos.

Ele se calou. Mais uma vez, a multidão gesticulou. Malamine ficou imóvel. Sentiu-se vazio e exausto. Agora, só desejava uma coisa: que tudo terminasse.

— Não adianta nada toda essa bravura, renegador da fé: vamos encontrar seus amigos e eles vão ter o mesmo destino que você e sua esposa. Agora — acrescentou, voltando-se novamente para a multidão — dou uma última chance aos cúmplices deste homem de se denunciarem, se estiverem aqui e tiverem um mínimo de honra e coragem. Mostrem-se!

Ninguém se mexeu.

Um sorriso animal desenhou-se nos lábios do colosso. Ele começou a levantar lentamente a mão na direção do pelotão de execução. Doze rifles aguardavam.

— Apontar! — gritou ele.

Uma detonação ecoou e um dos doze carrascos, que estava no meio da linha, desabou gemendo.

— Isso é pelo meu cachorro!

Todos se voltaram para o local de onde vinha a voz e de onde o tiro parecia ter sido dado. Pai Badji, parado alguns metros na frente da multidão, já havia recarregado a carabina e estava mirando novamente a *fileira de soldados. Os raios do sol refletiam na extensão do cano da arma, cuja coronha o velho apertava contra o ombro. Ele estava em contraluz. Malamine só podia ver sua silhueta perfilada na luz intensa. Como os outros, ele ficou tão surpreso que não emitiu nenhum som. O próprio Abdel Karim parecia petrificado.*

— Pai Badji, é você? Não! — gritou Déthié.

Pai Badji já estava recarregando; seus gestos foram rápidos, precisos; logo disparou uma segunda bala. Outro carrasco caiu, sem nem um grito. Tudo tinha sido muito rápido.

— E isso — retomou Pai Badji, quando a segunda vítima já se esvaía em sangue — é por...

Nunca se soube para quem era a segunda bala que acertara o alvo em cheio: num estrondo mecânico, o pelotão abriu fogo pesado contra Pai Badji; quinze, vinte, trinta balas perfuraram seu corpo e ele caiu para trás, na poeira. As outras balas que não o perfuraram atingiram outros na multidão. Cinco ou seis corpos caíram, um dos quais parecia ser o de uma criança que estava na primeira fila.

Berros de horror tomaram a praça. Houve uma debandada. Os gritos vinham de todos os lugares. Gritos de homens, mulheres, crianças; e todos eles corriam, desvairados, em busca de um abrigo, levantando muita poeira. Ouvia-se apenas gritos e palavrões. Malamine tinha sido derrubado e, no chão, tentava se levantar, mas era atingido por várias pernas. Viu corpos caindo, tropeçando, embatendo-se violentamente. Passaram-se alguns segundos dessa indescritível desordem quando ele ouviu duas detonações, seguidas da voz de Abdel Karim, que, terrível, era mais forte do que todo o barulho:

— Atirem, atirem na multidão! Os cúmplices estão lá! Atirem! — gritava ele.

Malamine logo ouviu outras detonações e gritos de dor. Conseguiu se levantar e viu que os moradores estavam lutando contra os milicianos.

Viu uma senhora idosa recebendo uma bala na cabeça e caindo como um velho pedaço de madeira morta, com os olhos arregalados, antes de ver que o soldado que acabara de atirar estava sendo repetidamente atingido na cabeça, com fúria, com um enorme tijolo de concreto por um morador que estava atrás dele.

Os berros e insultos se misturavam aos disparos e aos estampidos das armas que a milícia tentava recarregar. Malamine, que estava sangrando na cabeça sem perceber, correu para o lugar onde o confronto parecia mais intenso. Ao olhar para cima, viu, antes de se misturar à multidão, uma nuvem de pedras voando em direção ao que parecia ser um pequeno grupo de milicianos. Reconheceu, vindo de algum lugar perto dele, a voz de Velho Faye, que gritava:

— *Cuidado! Atrás de você, Madjigueen.*

Ele não procurou saber de onde a voz vinha e correu para a briga. Viu dois corpos lutando, entrelaçados na poeira. Um dos homens, miliciano, estava deitado de costas e, sobre ele, outro batia raivosamente em seu rosto. Malamine ia ajudá-lo quando, de repente, o homem, que parecia estar em vantagem, desabou para o lado: o oponente havia enfiado uma faca em sua barriga e o pobre homem se esvaía em sangue, deitado na areia, e seu corpo tremia com bruscas convulsões. Malamine achou ter reconhecido no homem que perdia a vida Birame Penda, o mendigo mais popular da cidade, que cantava o tempo todo. Mas não teve tempo de verificar porque o miliciano que acabara de vencer a luta já estava se jogando sobre ele, com o rosto pingando sangue. Ele não conseguiu se esquivar do ataque e ambos rolaram na poeira. Malamine se levantou e, antes que seu oponente pudesse fazer o mesmo, deu-lhe uma joelhada no queixo, que o derrubou. Ele ia se jogar sobre o corpo para colocá-lo permanentemente fora de combate, quando uma mão o reteve. Ele se virou.

— *Alioune...*

— Eu cuido dele. Vá procurar o Déthié e a Codou. O povo está com a gente. Os combates se espalharam por toda a cidade. O corpo do Pai Badji foi levado para um lugar seguro, eu mesmo cuidei disso. O Velho e a Madjigueen também estão aqui.

— Sim, eu sei, temos que...

O jovem enfermeiro não o ouvia mais e já se atirava contra o agressor que, mesmo assim, em péssimas condições, se levantava. Malamine esqueceu o que estava prestes a dizer, virou-se e saiu correndo. Os gritos ainda ecoavam, enquanto os tiros eram cada vez menos ouvidos. Correndo na direção dos postes, Malamine viu um grupo de moradores cercando dois soldados que haviam perdido as armas. Ouviu, atrás dele, seus gritos. Não ouvia mais a voz de Abdel Karim. Estava morto? Tinha fugido? Ainda estava combatendo e matando? E Déthié? E Codou? Ele esperava, de todo o coração, que ainda estivessem vivos e que, graças à desordem, tivessem sido esquecidos.

Chegou ao lugar onde estavam amarrados. Os dois corpos estavam tombados. Mortos. Déthié tinha sido baleado no peito, Codou, atingida na cabeça; o saco que a cobria estava manchado de sangue.

Malamine caiu de joelhos e gritou.

— Então era você! Eu sabia que era você! Vou matar você, como fiz com eles.

Malamine se virou e viu Abdel Karim. O gigante estava sangrando na perna direita, onde uma ferida atroz, provavelmente causada por uma lâmina de faca, sangrava. Seus braços suados estavam cobertos de areia e seu peito, sob o colete aberto, mostrava uma musculatura saliente que indicava uma força hercúlea. Ele caminhou em sua direção, arrastando a perna e lhe apontando uma arma. Malamine olhou sem dizer nada. Mas estava com medo.

— Você vai morrer. Todos vocês vão morrer.

— Não, espere, capitão! Eu imploro!

Não foi Malamine quem falou, mas Ndey Joor, que estava correndo, coberta de areia e com os cabelos bagunçados. Ela estava descalça.

Colocou-se entre o marido e o colosso, que não esboçou nem um único movimento. O braço, na extremidade do qual a pistola permanecia apontada para o casal, estava esticado mecanicamente. Os olhos, dementes.

— Eu imploro, capitão. Ouça minha súplica, não atire.

— Adjaratou, saia daí. Seu marido é um traidor e um renegador da fé. Deus ordena que eu o mate — conseguiu dizer Abdel Karim, embora a súbita aparição de Ndey Joor também parecesse incomodá-lo.

— Deus só ordena a matança, capitão? Que Deus é esse? — perguntou ela.

— O meu. E o seu. Saia da minha frente!

— Eu imploro... não faça isso.

Malamine, como um estranho na cena, foi incapaz de se mover. Via a esposa de costas, e através do bubu que ela estava vestindo, transparente, podia ver as grandes cicatrizes.

— É a última vez que repito, Adja, saia do caminho!

— Então me mate com ele.

O gigante ficou desnorteado. A mulher disse essas últimas palavras com tanta calma que ele duvidou que ela temesse a morte. Ele a encarou. Viu os olhos de Ismaïla, o rosto de Ismaïla, o sorriso de Ismaïla.

— O Ismaïla tinha os mesmos olhos que você...

— O quê? Você disse Ismaïla... você o conhece?

— Eu o conhecia...

Uma detonação soou. Abdel Karim, cujo braço ainda segurava a arma apontada para Ndey Joor e Malamine, teve uma convulsão. Quando saltou com o impacto do projétil que acabara de receber, seu dedo puxou o gatilho; a arma disparou e caiu pesadamente na areia. O capitão caiu de joelhos, engolindo em seco. Seus olhos vítreos já estavam velados.

— Allahou akbar — murmurou ele, encontrando forças para sorrir uma última vez; um sorriso calmo, humano, sereno.

Uma segunda bala o atingiu na cabeça. E ele desabou como uma massa para a frente. Seus miolos se misturaram com a areia.

Atrás do capitão morto, Malamine viu Idrissa, seu filho. Fora ele quem atirara em Abdel Karim. Ele estava segurando uma velha carabina, aquela de Pai Badji. Ainda tremia, e as mãos seguravam com força a arma.

— Mamãe — soluçou o jovem.

Malamine olhou para baixo. Aos seus pés, a esposa estava deitada com os olhos fechados. Havia uma grande mancha de sangue em seu ventre. O último tiro do capitão Abdel Karim Konaté, involuntariamente, a atingira.

Ao longe, o clamor da luta lentamente caía...

41

Querida Aïssata (podemos ter essa intimidade, espero),
Eu tinha dito que o povo seria imprevisível até o fim. Você tem a prova disso. Isso não quer dizer que confio nele. Ele tem clarões de coragem, loucura, covardia; ninguém sabe que clarão está prestes a explodir em seu céu. Hoje ele escolheu se revoltar e lutar.

A notícia da luta chegou quase imediatamente a Bantika. Minha vizinha correu e gritou: "Estão lutando! Estão lutando em Kalep!", e pensei na hora em você. Não imagino você nessa confusão, sangrando e batendo. Essas pessoas não sabem o que é lutar; nós sabemos, melhor do que ninguém.

Parece que Abdel Karim está morto. O boato de sua morte se espalhou por aqui. As tropas da Irmandade fugiram para o deserto e a cidade está vazia. Estranhamente, embora não haja mais jihadistas vagando nas ruas com armas, Bantika permanece silenciosa e triste. As pessoas saem, andam como sombras, todas surpresas por estarem livres e sem saber o que fazer com o sentimento de liberdade do qual elas esqueceram as lembranças e o sabor. Sorriem desajeitadas, é triste.

Os homens dizem que não acabou, que a Irmandade não deixou a província e que só recuou para o deserto, para retomar a cidade com mais facilidade depois. Dizem que foram buscar reforços. Acredito neles. Acho que vão voltar em breve e tomar de volta as cidades. Estarão mais armados do que antes, mais selvagens do que antes, mais bárbaros do que antes. Pensarão que a derrota sofrida foi um sinal de Deus, uma prova que ele lhes enviou para deixá-los atentos. Então, para se redimir, serão mais maus, mais brutais. Mas agora eles sabem. Sabem que essas pessoas que viam como ovelhas podem virar lobos no curto tempo de uma tarde sangrenta. Mais nada será como antes depois da revolta de Kalep. Mais nada. Mesmo que torturem, espanquem, executem, ainda assim algo terá mudado. Alguns, aqui, estão se preparando para resistir. Agitam o jornal e leem trechos dele. A coragem está renascendo. Eles tinham esquecido como era a liberdade, mas agora sabem que vale a pena lutar por ela. Eu conhecia o homem e a mulher, os autores do jornal, que morreram durante a luta. O homem havia sido professor do meu filho na universidade e a mulher tinha uma livraria aqui, aonde Lamine ia frequentemente quando criança. Ele gostava de ler. Não eram deuses nem heróis, mas meros seres humanos que não podiam mais suportar a situação. Precisamos fazer como eles.

 Estão organizando a resistência aqui, Aïssata. Estamos esperando os barbudos voltarem. Vou lutar dessa vez. Não para ser uma heroína, mas para que meu filho não tenha sido morto em vão. Já é hora de eu me unir a essa luta. Me sinto forte o bastante agora. Meu luto me matou. Chegou a hora de eu renascer. Eu queria morrer há algumas semanas; agora não quero mais. Agora quero viver, viver com todas as minhas forças. Estou me preparando sozinha. Meu marido acabou seguindo os islamistas no deserto, deixando a mim e às minhas co-esposas. Quando voltar, estará oficialmente do outro lado. Seremos inimigos. Estou pronta para matá-lo com minhas próprias mãos. Depois de ter chorado pela morte do meu filho, Aïssata, quero vingá-lo. É a minha vez de dizer que precisamos ser fortes.

 Outra luta está começando. Espero que você faça parte dela, minha amiga.

Sadobo

42

Querida Sadobo,
Não entendo o que você quer dizer. Não entendo o que está acontecendo com você. De repente você ficou forte? Quanto a mim, a experiência do meu luto me fez entender que era impossível ser forte depois do que passamos. Você quer lutar para que seu filho não tenha sido morto em vão? Mas ele foi morto em vão. Morto por nada. Absurdamente morto. Como a minha filha. Nada os trará de volta. Nem o sangue que você vai derramar nem as lágrimas. Você tinha razão, embora pareça ter esquecido: de que adianta tentar ser forte? A morte da minha filha será uma fraqueza eterna. Não vou superar isso. Não quero mais.
 Eu estava em casa durante os combates. Meu marido tinha saído. Voltou com um braço quebrado. Fiquei completamente indiferente a isso. Mas não sou um monstro e o amo. Porém, o sofrimento dos outros me parece tão irrisório em comparação com o meu que não me comove mais.
 Eu ouvia os gritos, os tiros, os berros, e tudo isso me parecia tão distante, tão insignificante. Os combates chegaram até a minha janela. Vi um grupo de moradores se jogar sobre um miliciano e espancá-lo até a morte. Quem pode me explicar um ato desse? E o que pode explicá-lo? A raiva? A vingança? O ódio? Por alguns momentos, eu os vi, todos, afogados na mais absoluta violência.
 Você se lembra de Ndey Joor Camara, minha vizinha que foi açoitada? Ela foi atingida por uma bala durante os combates. Morreu hoje cedo.

Ela se agarrou à vida por alguns dias, mas acabou abandonando, cercada pelo filho, a filha e o marido. Fiquei tão triste, eu gostava dela. Vou ao seu enterro. O que há de mais estúpido na guerra é sua indiferença para com as pessoas, suas qualidades, sua história: todos podem morrer. É a morte ao acaso. Você quer lutar? Não vou impedi-la. No dia em que você não me escrever mais, saberei que está morta. Lute se é o que quer. Agora, sou completamente indiferente a isso. Minha filha está morta. É a única coisa que me importa.

    Você é otimista. Mas nada mudará. Essa revolta foi um acaso inexplicável. Quando a Irmandade voltar — pois voltará —, ninguém se lembrará dessa revolta. Eles vão retomar facilmente a cidade. E tudo vai recomeçar. Como antes. Outros morrerão absurdamente. Eu nem espero mais ter esperança, Sadobo. Acabou.

    Agora irei todos os dias ao cemitério, ao túmulo da minha filha. A tabuleta continua lá. Vou rezar por você. Tome cuidado. Amo você.

Aïssata

EPÍLOGO

Uma semana após a revolta dos moradores, Kalep foi facilmente retomada pelos islamistas, que voltaram mais numerosos, com um novo chefe de polícia na liderança; este, no mesmo dia de sua chegada, mandou executar, "para dar o exemplo", dez moradores que escolheu ao acaso. O falecido capitão Abdel Karim Konaté foi celebrado como mártir e citado como exemplo. No centro da cidade de Kalep foi-lhe erguido um magnífico túmulo sobre um catafalco de mármore polido.

Ao mesmo tempo, o governo federal emitia um comunicado anunciando uma operação militar iminente para libertar o Norte. O comunicado afirmava que a coragem exemplar dos moradores de Kalep, muitos dos quais foram mortos ou feridos durante a insurreição, tinha comovido a comunidade internacional; esta, indignada com a barbárie dos islamistas e revoltada com a destruição do patrimônio mundial constituído pelos manuscritos da biblioteca de Bantika, havia decidido organizar uma força militar cujo objetivo seria apoiar o exército do país, que tinha novamente registrado algumas pequenas retiradas.

O comunicado, obviamente, não mencionava quando a operação seria lançada. Ainda não havia, ao que parecia, nenhuma estimativa oficial a respeito.

Esta obra foi diagramada em Arno pro light 13, para a Editora Malê e impressa na gráfica Trio, em setembro de 2024.